http://www.bbulmedia.com

BBULMEDIA

지존강림

至尊降臨

지존강림

5

至尊降臨

풍영 퓨전 판타지 소설

BBULMEDIA FANTASY STORY

천상어

뿔미디어

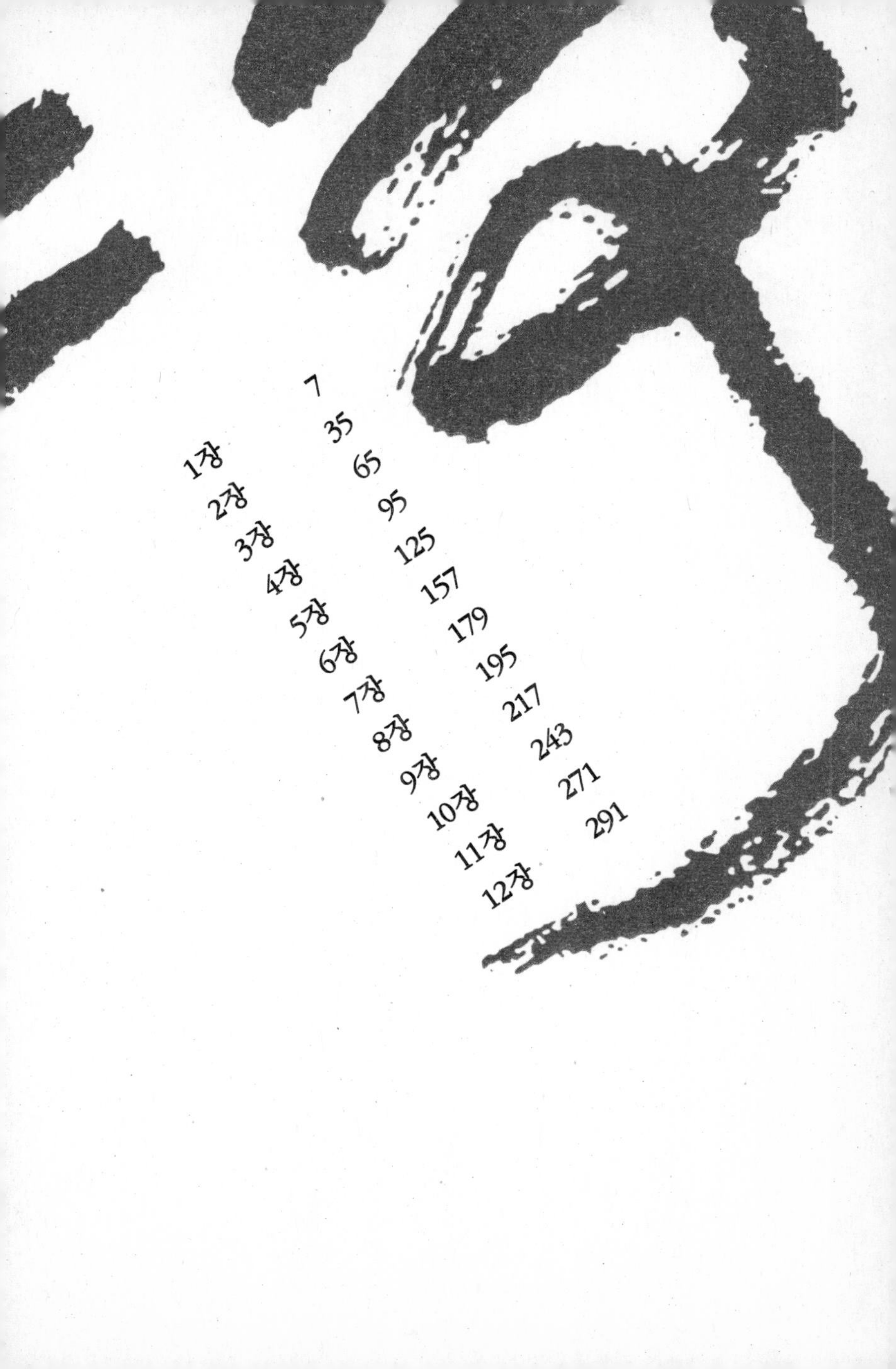

1장

1

이동하는 지하철 안에서 지영이가 들뜬 목소리로 용민에게 말을 걸었다.

“디지월드라니. 정말로 오랜만이다. 그렇지, 오빠?”

용민은 고개를 끄덕이며 대답했다.

오래전 가족끼리 놀러 왔던 적이 있었던 것이다.

“그러게. 대충 3년 만인가?”

“정말 기대돼.”

“넌 친구들하고 놀러 왔던 적 있었잖아?”

“오빠랑은 아니잖아.”

지영이가 혀를 날름거리며 부끄러워했다.

용민은 그런 자신의 여동생 지영이가 정말 귀엽다는 생각을 했다.

그러다 문뜩 이런 귀여운 여동생에게도 곧 남자친구가 생길 것을 생각하니 가슴이 먹먹했다.

생각만 해도 열불이 뻗쳤다.

'대체 어떤 자식이 될지 잡히기만 하면…….'

"응? 누굴 죽인다고? 오빠, 무슨 소리야?"

"응? 아냐. 죽이긴 누굴 죽여. 하하."

생각이 겉으로 드러났던 모양이다.

용민은 결국 어색한 변명을 하며 식은땀을 흘려야만 했다.

오는 내내 이런저런 잡담을 하며 목적지 역에서 내린 용민과 여동생 지영이는 디지월드가 위치한 곳을 향해 한참을 걷기 시작했다.

몇 번이고 놀러 왔던 곳인지라 길을 찾는 것은 어렵지 않았다.

막말로 우르르르 몰려가는 학생들의 파도에 쓸려 가기만 해도 목적지에 도착할 정도니 길치라서 못 찾았다는 변명은 하기 힘들 것이다.

그때 지영이가 반대쪽 사람들 무리를 발견하고는 소리쳤다.

"미영아! 진숙아!"

그러자 지영이의 절친인 미영이와 진숙이가 손을 흔들면서 반응을 보였다.

그것을 확인한 지영이가 용민에게 말했다.

"오빠, 우리 학교 애들이 저기에 있다. 잠시 후에 안에서 봐. 알겠지?"

"그래, 전화할게."

"어."

지영이가 아쉬운 표정으로 손을 흔들며 멀어지자 용민도 약속된 장소로 걷기 시작했다.

"우리 학교 모임 장소는 매표소 앞이라고 했지?"

매표소 앞쪽에 도착하고 보니 학교 이름이 적힌 표지판과 학급을 나타내는 푯말이 곳곳에 놓여 있었다.

용민은 주위를 두리번거리며 자신의 학급을 찾기 시작했다.

그러던 중에 자신의 이름을 부르는 여자애의 목소리가 들렸다.

"용민아! 여기야!"

용민이 고개를 돌리자 콩나물시루 같은 사람들 틈에서 소라가 폴짝폴짝 뛰며 손을 흔들고 있는 것이 시야에 들어왔다.

그 자리에는 소라와 수영, 그리고 몇몇 눈에 익은 여자애들이 함께 있었다.

용민이 소라와 수영이 있는 곳으로 걸어갔다.

용민이 나타나자 주위에 자리하고 있던 여자애들이 꺅꺅거리며 비명하거나 어째서인지 부끄러워하며 용민의 얼굴을 훔쳐보기 시작했다.

용민은 그런 아이들의 시선과 반응에 어색한 기분이 들었지만, 신경을 끄고 소라와 수영에게 말을 걸었다.

"언제 왔어?"

용민의 질문에 소라가 대답했다.

"조금 전에 왔어. 그런데 혼자 온 거야?"

"동생하고 같이 왔어."

"동생은?"

"자기네 학교에 출석 체크하러 갔지."

"그래?"

용민이 주위를 두리번거리며 질문했다.

"혹시 윤찬이나 지훈이는 왔나? 봤어?"

소라와 수영이가 고개를 가로저었다.

"아니, 못 봤는데? 난 너랑 같이 올 줄 알았는데?"

"난 여동생하고 와야 해서 여기서 만나자고 했거든."

"아, 그렇구나. 아직 못 봤어. 곧 오겠지."

"이 자식들, 문자도 씹고. 쯧!"

용민이 투덜거리고 있을 때 등 뒤에서 익숙한 사내 녀석들의 목소리가 들려왔다.

"짱!"

용민을 따라다니는 일진 녀석들이었다.

"짱, 벌써 와 있었네?"

십여 명이 넘는 녀석들은 환한 표정으로 뒤뚱거리며 용민을 향해 다가왔다.

그러자 주위에 있던 사람들이 호기심 반 좋지 않은 시선 반으로 아이들과 용민을 바라보았다.

용민은 그런 주위의 시선이 불편한지 녀석들을 향해 인사 대신 낮은 목소리로 한마디 내뱉었다.

"내가 짱이니 뭐니 그런 식으로 부르지 말라고 했지?"

그러자 용민의 주위에 자리를 잡은 녀석들이 당당히 대꾸했다.

"그럼 짱을 짱이라고 하지 뭐라고 불러?"

"그냥 이름을 부르면 되잖아."

용민의 대답에 애들의 무리에 자리하고 있던 한 녀석이 끝까지 말대꾸를 했다.

"이름보다 깔끔하게 짱이 편하잖아. 못 믿겠어? 그럼 한번 들어 봐봐."

그렇게 말한 아이가 옆에 있던 녀석에게 용민을 불러 보라 시켰다.

"용민 짱."

"……."

"어때? 어감이 어색하고 불편하잖아. 그냥 짱이 좋잖아. 짱. 짱. 발음하기도 편하고 말이야. 너희도 그렇지?"

"응!"

"물론이지!"

녀석들이 초롱초롱한 눈망울로 용민을 바라보았다.

용민이 징그러운 뭔가를 만진 듯 몸을 부르르 떨더니 이윽고 한심하다는 듯한 어투로 대답했다.

"그냥 이름만 부르라고! '용민아' 이러면 되잖아."

"에이! 그건 짱에 대한 예우가 아니지! 우린 그렇다 쳐. 후배들은? 후배들한테도 용민아 이렇게 불릴 거야?"

"녀석들은 형이라고 부르면 되지."

용민의 말에 녀석들이 고개를 세차게 가로저으며 강한 부정을 드러냈다.

"아니야! 아니야! 그럴 순 없어! 그런 건방진 말투를 우리가 용납할 수 없다고! 그렇지?"

"응! 맞아! 어떤 자식이 짱에게 감히!"

녀석들이 울분을 터트리며 북치고 장구를 친다.

용민은 결국 입을 다물었다.

용민이 머리를 좌우로 움직이며 한숨을 토했다.

"……에효."

녀석들은 자신을 짱으로 모시기로 작정을 했고, 그것을 물러낼 생각이 없음을 깨달았기 때문이다.

이렇게 작정한 녀석들과 말로 싸우려고 해 봤자 입만 아플 뿐이다.

물론 주먹이라는 좋은 처방전이 있긴 하지만, 자신이 좋다고 달라붙는 녀석들을 패는 것도 쉬운 일이 아니다.

그냥 녀석들이 뭐라고 떠들든 무시하는 것이 상책인 것이다.

용민이 별다른 반응을 보이지 않자 녀석들은 그 주위에 자리를 잡고 자신들끼리 히히덕거리며 놀기 시작했다.

소라와 수영과 눈이 마주친 용민은 어깨를 으쓱였다.

그런 용민을 본 소라와 수영이 피식 웃었다.

"왜 웃어?"

"그냥."

"웃기잖아."

"뭐가 웃긴데?"

용민의 질문에 수영이 답했다.

"너 쩔쩔매는 모습이. 너무 귀여워서."

용민이 욱한 표정을 보이다가 이윽고 한 십 년은 늙은 듯한 표정으로 체념의 빛을 드러냈다.

"에효, 말해서 뭐하냐. 앓느니 죽지."

잠시 후, 저 멀리서 눈에 익은 체격의 사내 둘이 모습을 드러냈다.

윤찬이와 지훈이었다.

용민은 가장 먼저 두 녀석을 발견하고는 인상을 팍 구겼다.

왜 전화도 문자도 씹고 이렇게 늦게 오는 거냐고 따지려는 듯한 표정이었다.

하지만 윤찬이와 지훈이는 아직 용민이를 발견하지 못했는지 둘이 수다를 떨며 천천히 걸어오는 중이었다.

둘의 느긋한 발걸음을 참다못한 용민이 윤찬이와 지훈이를 향해 걸음을 옮기려던 바로 그때, 용민의 옆에서 한 여자애의 목소리가 들렸다.

"어머! 어쩜! 용민이 오빠 여기서 만나네요?"

반가워하는 듯한 여자애의 목소리에 용민이 고개를 돌렸다.

한눈에 봐도 혹할 정도의 미모를 자랑하는 꽃단장을 한 소녀가 용민을 올려다보며 반가운 기색을 감추지 않고 있었다.

용민은 이 소녀가 누군지 모를 수가 없었다.

바로 수영이의 여동생이었기 때문이다.

"아, 수정이구나. 오랜만이네?"

"그러게요, 오빠. 정말 보고 싶었어요!"

수정은 그렇게 말하기 무섭게 용민에게 와락 안겼다.

용민은 그런 수정의 행동에 당혹감을 감추지 못했다.

"그, 그래. 반갑다. 그런데 이것 좀 놓고……."

“왜요?”

“그게 그러니까, 사람들의 시선도 있고…….”

“그게 어때서요? 난 좋은데? 헤헤.”

주위에 자리하고 있던 남자애들이 [오오!] 하며 환호성을 터트렸다.

[역시 짱은 달라. 뭐랄까, 과감하달까나?]

[그런데 저 여자애는 누구야? 처음 보는 앤데?]

[그러게? 정말 예쁘게 생겼네. 다른 학교 학생인가?]

수정이의 성숙한 외모로 인해 누구도 그녀가 중학생이란 사실을 알지 못하고 있었던 것이다.

반면에 여자아이들은 가자미눈이 되어 수정이를 노려보며 짜증을 드러내는 중이었다.

[걘 또 뭐니? 어디서 굴러온 개뼉다구야?]

[생긴 것도 재수 없게 생긴 년이.]

[용민이는 왜 가만히 있는 거야! 아우, 승질 나!]

수정의 행동이 마음에 들지 않는 사람 중에는 수정의 언니 수영이도 있었다.

‘저 지지배가!’

“수정아, 넌 언니도 안 보이니?”

그제야 수정이가 수영을 바라보며 마지못해 하는 듯 대답했다.

“어머? 언니도 여기에 있었네? 안녕?”

인사는 수영에게 했지만, 수정이의 시선은 용민의 얼굴에서 떨어지지 않고 있었다.

수영이의 얼굴이 분노로 발갛게 달아올랐다.

누가 봐도 그 분노의 이름이 질투임을 모를 수 없을 것이다.

“뭐하는 짓이야! 이렇게 사람이 많은 공공장소에서! 어서 떨어지지 못해!”

하지만 수정은 여전히 용민의 얼굴에서 시선을 떼지 않고 전혀 개의치 않은 어투로 대답했다.

“사람이 많다니 무슨 말이야? 나는 용민이 오빠 한 명밖에 안 보이는데? 헤헤.”

누가 들어도 남의 연애사업에 끼지 말라는 단호한 내용의 말과 목소리였다.

거기서 끝이 아니었다.

“오빠, 나 오늘 어때요? 머리 한 거 예뻐요?”

“어? 어. 예, 예쁘네.”

“정말요? 아이, 좋아라!”

수정이의 말에 수영이 콧바람을 세게 내뿜고는 혀를 찼다.

‘헐. 아침 일찍 사라져서 어디 갔나 했더니 머리 하고 온 거였어?’

수영이만 열불이 난 것이 아니었다.

수정이의 여우 짓에 주위의 다른 여자애들의 분노는 이미 폭발 지경이었다.

기가 막혀 돌아가시겠다는 듯이 헛바람을 토하며 눈을 부라리기 시작했다.

그중에서 소라의 상태가 가장 심상치 않았다.

결국 소라가 자신의 앞에 자리하고 있던 수영이를 제치고 앞으로 나서서는 수정이를 향해 소리쳤다.

"야! 어서 떨어져! 용민이가 불편해하잖아! 그리고 네가 여기 왜 있어. 너희 학교는 저쪽에 있잖아!"

"흥! 남이사! 질투에 눈먼 여자는 꼴불견이라구요. 언니."

"뭐야! 수영이 동생이라고 봐줬더니, 요 계집애가 어디서 건방을!"

딱 봐도 거칠게 보이는 스타일의 소라가 발광하자 기에 눌린 수정이가 다급하게 용민을 향해 말을 걸며 쉴드를 쳤다.

"오빠아, 정말 내가 불편해요?"

"그, 그게 그러니까…… 그게……."

수정이의 질문에 용민이 머뭇거리며 대답을 하지 못했다.

사실 떨어지라고 하긴 해야겠는데, 그 말을 차마 할 수가 없었던 것이다.

저 초롱초롱한 눈을 마주하며 어떻게 부정적인 말을 할 수 있겠는가.

무엇보다 여자애가 좋다고 달라붙었는데(그것도 누가 봐도 예쁜 여자애가), 어느 남자가 귀찮으니까 저리 비키라고 할 수 있겠는가?

그러자 여자애들의 시선이 용민을 향해 쏘아지기 시작했다.

[용민이가 문제였구만?]

[용민이도 남자였구나.]

[저렇게 줏대가 없어서야. 아이구, 속상해.]

그렇게 화살과도 같은 수군거림에 용민은 연신 뜨끔거리는 통증에 시달리게 되었다.

그러던 중 한 여자애의 입에서 분함을 설토하던 것과 다른 양상의 이야기가 흘러나왔다.

[나도 그냥 확 안겨 볼까?]

[……!]

그 말이 떨어지기가 무섭게 질투에 물들어 있던 여자애들의 눈빛이 무섭게 변하기 시작했다.

마치 사냥감을 앞에 둔 밤 고양이 눈처럼 변한 것이다.

번쩍! 번쩍! 희번쩍!

여자아이들의 시선이 용민을 향했다.

오싹!

'뭐, 뭐지?'

용민은 감히 범접치 못할 거대한 위압감과 불안감에 몸을 부르르 떨고야 말았다.

이것이 포식자를 접한 피식자들이 공통적으로 느끼는 감정이라는 사실을 알기까지는 그리 오랜 시간이 걸리지 않았다.

*　　　*　　　*

그때 약속 장소에 도착한 윤찬이와 지훈이 저 앞에 자리하고 있는 용민을 발견하고 반가운 표정을 짓기 시작했다.

"어이, 용민아!"

"언제 왔……."

윤찬이와 지훈이는 용민에게 인사를 마무리 지을 수 없게 되었다.

갑자기 용민이 자신들을 향해 눈을 부라리며 득달같이 달려들었기 때문이다.

윤찬이와 지훈이는 당혹감을 감출 수 없었다.

"어어?"

"뭐야? 용민아?"

용민이 대답 대신 소리친다.

"닥치고 튀어! 살고 싶으면!"

"어? 그게 무슨 소……."

지훈이는 말을 하다 말고 입을 쩍 벌리고 말았다.

용민이 어째서 튀라고 하는지 대답을 듣지 않아도 알 수 있었기 때문이다.

백여 명에 달하는 여자애들이 용민의 뒤를 쫓아 우르르 달려들고 있는 것이 아닌가!

여자애들의 모습은 마치 성난 소떼의 무리와 흡사했다.

두두두두두!

[용민아아아아!]

[나도 안아 줘어어어어!]

흡사의 수준이 아니다!

세렝게티 초원을 달리는 물소 무리 바로 그것이었다.

이대로 있다가는 여자애들에게 깔려 죽을 것 같다는 생각이 들었다.

"으, 으어어!"

지훈이 뒤늦게 정신을 차리고 등을 돌려 뛰기 시작했다.

그 지훈의 시야에 한참 앞에 용민을 따라 이미 달리고 있는 윤찬의 등이 들어왔다.

"가, 같이 가아아아!"

지훈이 뛰기 시작했지만, 이미 늦었다.

지훈이가 처절하게 외쳤다.

"용민아! 윤찬아!"

저 앞에서 윤찬이의 목소리가 환청처럼 들려왔다.

"지훈아! 미안하다!"

"아, 안 돼! 날 버리지 마!"

지훈이 다급하게 손을 뻗으며 외쳐 보았지만.

퉁!

"꿰엑!"

앞으로 달리고자 하는 마음과 달리 성난 소떼와 같은 소녀들의 가녀린(?) 몸에 치여 구석에 틀어박히고야 말았다.

소라와 지영이가 다급하게 지훈이를 구출해 주었지만, 이미 지훈이는 만신창이에 가까운 몰골을 하고 있었다.

소라가 지훈이의 빰을 툭툭 쳐서 정신을 차리게 했다.

그러자 정신을 차린 지훈이 구간반복을 시작했다.

"뭐, 뭐야? 무슨 일이 있었던 거야? 뭐, 뭐야? 무슨 일이 있었던 거야? 뭐, 뭐야? 무슨 일이……."

하지만 누구도 지훈이의 질문에 대답을 해 주지 않고 조용히 시선을 돌릴 뿐이었다.

그들의 시선 끝에는, 분한 표정으로 자신을 팽개치고 도망간 용민과 그를 쫓는 여자애들의 뒷모습을 주시하며 소매를 잘근 씹고 있는 수정이가 자리하고 있었다.

'역시 방해꾼들이 너무 많군. 어떻게 해야 오빠를 독점할 수 있을까?'

잠시 고심하던 수정이가 불현듯 뭔가 떠올린 것처럼 다급히 자리를 벗어났다.

2

"헉헉!"

"학학학!"

한참을 달려서 세렝게티 물소 떼…… 아니, 여자애들 무리를 겨우 따돌린 용민과 윤찬은 숨을 헐떡이며 호흡을 고르고 있었다.

저 밑에서는 목표물을 잃은 여자애들이 용민을 찾기 위해 난동을 부리고 있었다.

뒤늦게 정신을 정리한 윤찬이 어디론가 분산되어 사라지는 여자애들을 훔쳐보다가 용민에게 질문했다.

"헉헉헉! 뭐, 뭐야, 저 소떼는?"

"몰라. 학학."

용민의 성의 없는 대답에 윤찬이 인상을 쓰며 되물었다.

"당사자인 네가 모른다는 게 말이 돼?"

"애들이 갑자기 달려들어서 도망쳤을 뿐이야."

"멀쩡한 애들이 갑자기 달려들다니. 그게 말이나 된다고 생각해?"

그 말에 용민이 바닥을 발로 구르며 한숨을 흘렸다.

"후, 이놈의 인기가 사람을 잡는구나. 아, 정말 잘난 것도 너무 피곤해."

"……아놔. 이 자식 이제는 왕자병이 중증을 달리는구나. 퉤!"

"……."

용민이 대답 없이 입맛만 다셨다.

사실이지만, 사실이라고 항변할 수 없는 자신의 위치가 너무나도 서글펐기 때문이다.

그때 문뜩 시답잖은 의문이 하나 들었다.

"윤찬아."

"왜?"

"혹시 미국에도 왕자병이 있냐?"

"왕자병? 있지, 왜 없겠냐. 다들 자기 잘난 맛에 사는 세상인데. 그런데 암은 없다."

"암?"

"왕자암. 짜샤, 네 녀석은 병이 아니라 암이야. 그것도 말기 왕자암."

"……."

용민은 괜히 입을 열었다고 생각하며 시선을 다른 곳으

로 회피했다.

그때 대각선 반대쪽 횡단보도 앞으로 갈색 계열의 교복을 입은 남녀학생 무리가 우르르 몰려가는 모습이 시야에 들어왔다.

녀석들의 꼴이 가관이었다.

줄이고 조이고 찢고…….

제멋대로 재단한 교복 꼴도 교복 꼴이지만 길에서 아무렇지도 않은 듯 개의치 않고 담배를 꼬나물고 넓게 걸으며 주변 사람들에게 피해를 주고 있었기 때문이다.

"대체 어느 학교야?"

용민이 중얼거리자 윤찬이 돌아보며 말했다.

"뭘 신경 써. 어차피 상관도 없는 애들인데. 어딘가 다니겠지."

"녀석들도 디지월드에 가는 모양이지?"

"뭐, 그렇겠지. 오늘 소풍을 우리만 온 것은 아니잖냐."

"그렇지."

용민이 고개를 끄덕이며 수긍했다.

윤찬이 말했다.

"어서 가자. 지훈이 녀석이 목이 빠져라 기다리고 있겠다. 아까 도망치면서 보니까 녀석 그 소떼 무리에 휩쓸렸던 것 같은데, ……죽지는 않았겠지?"

용민이 피식거렸다.

"죽기는."

윤찬은 자신의 주머니 안에서 폰을 꺼내 지훈이에게 전화를 걸었다.

"어, 그래. 지훈아, 다행히도 살아 있구나. 우리? 무사하게 도망쳤지. 그런데 넌 어디냐? 어. 어……. 알겠다. 금방 거기로 가마. 용민아, 가자."

윤찬이 전화를 끊더니 용민에게 말했다.

"야, 뭐해. 그만 가자니까."

"……."

하지만 곧 윤찬은 용민의 반응이 조금 이상하다는 것을 느꼈다.

용민의 시선이 싸늘하게 어느 한 곳을 주시한 채 멈춰 있음을 확인했기 때문이다.

윤찬이 조심스럽게 질문했다.

"뭐야? 무슨 일 있어?"

그때 마침 용민의 전화벨이 울렸다.

—전화 왔숑! 전화 왔숑!

얼음조각처럼 멈춰 있던 용민이 특이한 전화벨에 반응하더니 자신의 핸드폰을 들어 액정을 확인했다.

액정에 떠 있는 지영이라는 글자.

용민은 그 이름을 확인하기가 무섭게 헛기침을 내뱉은

후 언제 싸늘한 표정을 지었냐는 듯 환한 목소리로 전화를 받아 들었다.

“여보세요? 지영아, 왜? 끝났다고? 벌써 안에 들어갔다고? 지훈이랑 있어? 오빠 잠시 화장실에 왔지. 알았어, 금방 갈 테니까 조금만 기다려. 윤찬아, 어서 가자.”

통화를 마친 용민이 성큼성큼 걸어 나가며 윤찬에게 말했다.

윤찬은 갑작스러운 용민의 변화를 기가 찬 듯한 시선으로 바라보았다.

그런데 용민은 오히려 이상한 녀석을 다 보겠다는 시선을 윤찬에게 던지며 말했다.

“뭐해? 가자며? 지영이가 기다린다고!”

윤찬은 어처구니를 상실한 표정을 짓고 말았다.

대체 이 녀석의 머릿속에는 뭐가 들어 있는 걸까, 라는 의문이 떠올랐기 때문이다.

용민은 더 이상 말하지 않고 걸어 나가기 시작했다.

윤찬은 앞서 가는 용민의 등 뒤를 보다가 문뜩 뒤쪽을 돌아보았다.

윤찬의 시선이 닿은 곳은 바로 조금 전 용민의 시선이 잠시 멈춰 있던 곳이었다.

용민이 무엇 때문에, 어째서 그런 표정을 짓고 있었는지 궁금했기 때문이다.

윤찬이 시선을 돌린 곳에는 갈색 교복을 입은 고딩 무리들이 자리를 잡고 있었다.

'저 녀석들 때문인가?'

윤찬이 이런 생각을 하며 시선을 떼고 고개를 돌리려던 찰나, 무리 중에서 한 녀석과 눈이 마주쳤다.

코, 귀, 눈썹, 입술 등등 얼굴 곳곳에 피어싱을 한 녀석이었다.

우연히 시선을 마주하게 된 것이라기보다는 녀석이 다시 한 번 이곳을 바라보다가 마주한 느낌이 강하게 들었다.

윤찬은 확신할 수 있게 되었다.

용민이 멈칫한 이유를 말이다.

녀석은 자신들을 주시하며 웃고 있었다.

확실한 도발적 비웃음이었다.

아마 용민이 저 녀석들과 눈이 마주쳤던 모양이다.

지금까지 알아 온 용민의 성격상 저런 건방진 시선을 그냥 넘길 순 없었으리라.

그런데도 용민은 등을 돌려 자리를 벗어났다.

바로 지영의 부름 탓이었다.

지영의 전화가 조금만 늦어졌어도 유혈사태가 났을 것이다.

그런데 녀석들은 그런 사정도 알지 못하고 낄낄거리며

웃고 있었다.

윤찬은 그런 녀석들을 마주 보며 피식 웃고 말았다.

'운이 좋은 녀석들이군.'

그렇지만 윤찬의 속도 좋지는 못했다.

그냥 내려가는 것은 왠지 밑지는 기분이 들어 찝찝했기 때문이다.

그래서 윤찬은 자리를 벗어나며 녀석들을 향해 가운뎃손가락을 번쩍 들어 올려 주었다.

*　　*　　*

"씨발!"

얼굴에 피어싱을 한 녀석이 발을 거칠게 바닥에 내리꽂으며 분노를 터트렸다.

그러자 옆에서 여자애랑 노닥거리던 녀석이 의아한 시선을 던지며 질문했다.

"병길아, 무슨 일이야?"

"저 개새끼들 잡아 와!"

"어? 누구?"

"저기 저쪽 지하통로로 들어간 새끼들 말이야!"

병길이 씩씩거리며 팔을 뻗어 손끝으로 지하통로를 가리켰다.

아이들은 병길의 행동에 당혹감을 감추지 못하고 허둥거렸다.

녀석들이 사라지고 적지 않은 시간이 지났다. 여기서 저기까지의 거리를 뛰어간다고 해도 찾지 못할 확률이 높은 상황이다.

그러다 보니 아이들은 정말 쫓아가야 하는지 망설였던 것이다.

순간 병길이 자신에게 말을 건 녀석을 향해 다짜고짜 발을 내질렀다.

퍼억!

"커, 커헉!"

"꺄악! 기수야!"

맞은 남자애의 여자친구로 보이는 애가 비명을 질렀다.

그러자 병길이 말했다.

"닥쳐."

여자애가 몸을 가볍게 떨며 입을 딱 다물었다.

병길은 다시 한 번 기수를 향해 발길질을 가했다.

"죽어! 죽어 버려! 병신 새끼들!"

"컥! 커허헉! 컥!"

기수라는 녀석이 전신을 바짝 웅크린 채 병길의 주먹과 발길질을 받았다.

기수의 입에서 저절로 비명이 터져 나왔다.

병길은 미친 듯이 주먹을 휘두르고 팔꿈치로 내리찍으며 욕설을 퍼부었다.

뒤늦게 뚱뚱한 녀석 하나가 병길에게 달려들며 말렸다.

"벼, 병길아, 참아! 뭣들 해! 병길이 말리지 않고!"

그제야 기수를 향해 발길질을 가하는 병길의 모습에 당황한 아이들이 뒤늦게 달려들어 병길의 몸을 잡고 말렸다.

"병길아!"

"놔! 이 새끼들아! 다 죽여 버리기 전에!"

병길이 발작을 하며 아이들의 몸을 거침없이 후려쳤다.

아이들은 병길의 손과 발을 꽉 붙잡고 행동을 제재하는 것 이상 할 수 없었다.

"병길아!"

"놔. 안 놔? 다 죽고 싶어?"

"병길아! 제발 좀 그만해! 지금 네가 패는 녀석은 적이 아니야! 네 녀석 친구야! 기수라고!"

"……!!"

그제야 발작적으로 난동을 부리던 병길이가 멈칫했다.

그러더니 한숨을 토하며 아이들에게 자신의 손을 풀라는 제스처를 보였다.

아이들은 머뭇거리며 풀어야 하는지 망설이는 모습을 보였지만, 뚱뚱한 녀석의 고갯짓에 하나둘 자신들이 잡고 있던 병길의 몸을 놔주었다.

병길은 자신의 몸이 억압에서 풀리자 바로 바닥에 뒹굴고 있는 기수에게 다가가 손을 뻗었다.

기수는 움찔하며 몸을 다시 한 번 떨었지만, 병길은 그런 기수의 손을 잡고 일으키며 몸을 털어 주었다.

"기수야, 미안하다."

병길의 사과에 기수는 분노보다는 두려운 기색이 가득한 얼굴로 병길의 사과를 받아들였다.

"어, 어, 그래. 괘, 괜찮아. 괜찮아."

기수는 두려움을 애써 감추고자 했지만 병길이 자신의 어깨를 털어 주기 위해 툭툭 쳐 줄 때마다 움찔하며 몸을 떨었다.

병길은 그런 기수를 보며 킥킥킥 웃었다.

"아, 그러고 보니 지각인가? 뭣들 해? 어서 가자."

"어? 어……."

아이들은 앞서고 있는 병길의 뒤를 엉거주춤한 자세로 따르기 시작했다.

至尊降臨

2장

飮影徒隨我身暫伴月將影行樂須及春我歌月徘徊我
酒酒星不在天地若不愛酒 地應無酒泉天地旣愛酒愛
道一斗合自然但得酒中趣勿醒者傳三月咸陽城千花
萬事固難審醉後失天地兀然就孤枕不知有吾身 此樂
酒酣心自開辭粟臥首陽 屢空飢顔回當代不樂飮虛

1

"오빠! 여기야, 여기!"

지영이는 용민의 모습을 보고 반가운 표정을 지으며 손을 흔들었다.

지영이 옆에는 지영이 친구인 미영이와 진숙이가, 근처에는 지훈이와 소라, 수영이와 여동생 수정이 자리하고 있었다.

용민이 지영이를 보고 헤쭉헤쭉 웃으며 다가갔다.

"지영아, 오래 기다렸지?"

"아냐. 어서 들어가자. 나 바이킹 타고 싶단 말이야."

"그래그래."

용민은 주위 사람들이 있는 둥 없는 둥 신경도 쓰지 않고 지영이의 손에 이끌려 안으로 들어갔다.

왠지 주위에 자리하고 있던 여자애들이 입술을 잘근잘근 깨무는 모습을 보여 주었다.

뭔가 자신들의 뜻대로 안 풀리고 있음을 자신들도 모르게 겉으로 드러낸 것이다.

여자애들의 모습을 삼자의 입장에서 지켜보던 지훈이와 윤찬이 고개를 가로저으며 혀를 차고야 말았다.

“쯧쯧. 천하의 용민이 동생 앞에서는 완전히 바보가 되는구나.”

“저런 것을 딸바보라고 하던가? 옆에 있는 여자애들은 완전히 지붕 위에 닭 올려다보는 개 꼴이 되고야 말았구나.”

“그러게 말이다. 크크크.”

지훈이와 윤찬이가 말과 달리 피식 웃으며 그 뒤를 따르기 시작했다.

* * *

용민과 지영이는 눈에 보이는 대로 놀이기구를 타고 이곳저곳을 돌아다니며 쉴 새 없이 사진을 찍었다.

마치 지금까지 동생과 놀지 못했던 것을 오늘 모두 만

회하고야 말겠다는 듯이 말이다.

그러다 보니 지훈과 윤찬을 비롯한 소라와 수영이, 그리고 미영이와 진숙이, 수정이는 꿔다 놓은 보릿자루 신세가 되어 버리고 말았다.

그렇다고 넋 놓고 용민과 지영이가 노는 것을 지켜만 본 것은 아니다.

저 둘은 원래 그러려니 하고 신경을 끄고 남아 있는 무리끼리 뭉쳐서 놀았으니까.

지훈이가 말했다.

"조금 배고픈데 뭐 먹고 움직이자."

"용민이랑 지영이는?"

윤찬의 질문에 지훈이가 피식 웃었다.

"배고프면 알아서 오겠지. 우선 뭐부터 먹을까?"

그러자 지영이 친구 미영이와 진숙이가 다가와서 지훈에게 달라붙었다.

"저는 떡볶이요."

"저는 피자롤이요."

"그래그래. 다 먹자. 각자 먹을 것 알아서 고르라고. 먹고 죽은 귀신이 때깔도 곱다잖냐."

지훈의 말에 모두가 환호했다.

"오빠, 짱! 정말 멋져요!"

윤찬은 여자애들에게 둘러싸여 잘나가는 지훈이의 모습

을 보자 왠지 승부욕이 들끓기 시작했다.

"놀이공원에 왔는데, 머리띠 정도는 해 줘야지. 하트 뿅뿅 머리띠다."

"와! 윤찬이도 짱!"

"윤찬아, 나는 저거 비눗방울 총도."

"뭐, 그쯤이야."

소라의 말에 윤찬이 어깨를 으쓱이며 척척 계산을 했다.

지훈이 곁에 있던 여자애들이 우르르 장난감 코너에 몰려 들어가 각자 눈여겨본 장난감들을 하나둘 집어 들기 시작했다.

지훈이가 윤찬이를 보며 싸늘한 미소를 흘렸다.

'감히 내 먹이들을…….' 이라고 말하는 표정이다.

하지만 의기양양해진 윤찬은 그런 지훈이의 시선에 개의치 않는 모습이다.

오히려 덤빌 테면 덤벼 보라고 도발하는 듯한 모습까지 보였다.

윤찬이와 지훈이의 눈이 허공에서 맞부딪히며 불꽃을 번뜩였다.

둘의 승부욕은 거기서 끝이 아니었다.

그 결과 두 고래싸움에 휘말린 여자아이들은 돈 많은 윤찬과 지훈이 쉬지 않고 먹을 것과 장난감을 사 나른 탓에 지루한 것도 모르고 평소보다 더 즐겁게 놀이공원을 즐기게 되었다.

하지만 그중 한 명의 표정은 그다지 좋지 않았다.

자신의 생각대로 일이 진행되지 않고 있었기 때문이다.

*　　　*　　　*

멀리 자리한 수정이는 입술을 잘근 깨물며 여동생 지영이와 놀고 있는 용민을 잡아먹을 듯 주시했다.

"수정아, 그렇게 노려본다고 달라지니? 구슬 아이스크림이나 먹고 속 차려라."

수정이는 자신의 언니 수영이의 말에 콧방귀를 뀌며 구슬 아이스크림을 받아 들고 퍼먹으며 대답했다.

"흥! 내가 지금 여기 놀러 온 줄 알아?"

"그럼 왜 왔는데?"

"왜는? 당연히 용민 오빠 꼬시러 왔지. 이깟 애들이나 좋아하는 소풍은 돈을 주고 오라고 해도 안 와. 놀이기구 타 봤자 힘들게 세팅한 내 머리만 망가진다고. 내가 꼭두새벽부터 부운 눈 부비고 일어나 미용실에 간 게 그냥 놀러 간 건 줄 알았어? 어디 예뻐지는 게 쉬운 일인 줄 알아?"

노골적으로 사심 담긴 속마음을 드러내는 수정이었다.

그런 수정의 말에 수영과 소라가 긴장 타는 표정을 지었다.

단순히 나이가 어리다고 무시하기엔 수정의 성숙함과 예쁜 얼굴이 너무나도 걸렸기 때문이다.

소라가 애써 무심한 표정을 지으며 말했다.

"흥. 우리는 아무런 생각도 없다는 듯이 말한다?"

"맞아. 언니들은 정말 생각이 없어."

"뭐얏!"

소라가 쌍심지에 불을 붙이고 수정이를 노려보았다.

수정이는 그런 소라의 눈빛을 가소롭다는 듯 흘리며 말했다.

"지금 지영이가 용민이 오빠 여동생이라서 긴장을 풀고 있나 본데, 지금 용민 오빠를 노리는 우리들이 가장 긴장해야 하는 상대가 누군지 정말 몰라서 그래? 소라 언니? 아니야. 수영이 언니? 나? 아니라고."

수영이 조심스러운 눈빛으로 질문했다.

"그럼 그게 누군데?"

"누구긴 누구야, 지영이지."

"지영이라고?"

수영이와 소라가 조심스럽게 시선을 돌려 용민이와 지영이를 바라보았다.

그러자 수정이가 말했다.

"그래, 이 말미잘 같은 언니야. 정말이지 내 언니지만 물러 터졌다니까. 용민이 오빠 정말 좋아하는 것 맞긴 한 거야? 그렇게 눈치가 없으니까 지금까지 남자친구도 못 사귀고, 용민이 오빠랑 같은 학교에 다니면서 아직까지 진전이 없지. 뭐, 어떤 수를 써도 결국 용민 오빠는 내 남자가 될 것이긴 하지만. 아, 정말 내가 용민이 오빠랑 같은 학교에 다니기만 했어도 벌써 오빠는 내 꺼였을 텐데."

수정이의 말에 수영이와 소라의 표정이 묘하게 변했다.

뻔뻔함도 이 정도면 예술이다.

너무나도 당당하게 자신하자 수영이도 소라도 뭐라 할 말이 없었다.

수정이가 마저 말을 이었다.

"잘 봐. 지금 용민 오라버니 눈에는 지영이밖에 보이지 않는다고. 한마디로 딸바보 상태란 말이야."

"딸바보?"

"예를 들어 생각해 봐. 한 아이가 있어. 그 아이가 정말 좋아하는 장난감이 눈앞에 있다면 다른 장난감들이 눈에 들어오겠어?"

"그러니까 지영이가 장난감이라고?"

"지영이를 물론 장난감에 비유하는 것은 조금 그렇지만, 비슷한 상황이긴 하지. 용민이 오빠가 지영이에 대한 걱정이 사뭇 남다른 것은 사실이잖아. 얼마 전 그런 일이 있었으니 이해가 안 가는 것은 아니지만 말이야."

"그, 그렇지."

수영이와 소라는 머릿속에 지영이가 학교에서 왕따를 당했던 사정을 떠올리고는 자신들도 모르게 고개를 끄덕이며 수긍했다.

"문제는 그것으로 인해 용민 오빠의 가슴속에 있는 여동생에 대한 애틋함이 커지고 있다는 점이야. 큰 사건으로 둘의 사이가 더욱 끈끈하게 달라붙게 되었다고. 그게 얼마나 피곤한 건 줄 알아? 막상 내가 여자친구가 되었다 해도 피곤 그 자체란 말이야. 여동생에게 목매달아 쩔쩔매는 남자친구가 얼마나 진상인데. 물론 그게 계속 지속될 것이라고는 생각하지 않지만, 여동생에게 쏠려 있는 시선을 다시 나에게 돌릴 때까지 나는 스트레스로 머리가 다 빠질지도 모른다고."

수정의 이야기를 듣고 보니 그럴 수도 있겠다는 생각이 들었다.

단어 하나가 거슬리기는 했지만 말이다.

"용민이가 왜 너한테 시선을 돌려?"

"왜는? 내가 용민이 오빠 여자친구가 될 거니까 그렇지."

당당하게 말하는 수정이의 모습에 수영이와 소라는 할 말을 잃고 기가 찬 표정을 짓고 말았다. 뭔가 말을 하고 싶은데 그냥 허, 참, 등등의 발성 외에는 그 어떤 말도 내뱉지 못했다.

그때 수정이 자리를 박차고 일어나며 말했다.

"아, 답답해."

"수정아, 어디 가?"

"화장실 가!"

부끄럼 없이 큰 소리를 빽 지르는 여동생 수정의 대꾸에 수영이는 할 말을 잃은 채 얼굴을 붉혔다.

2

수정이는 화장실로 박차고 들어가 거울 앞에 서서 한숨을 내쉬었다.

마음대로 흘러가지 않는 상황이, 아니, 아예 파고들 건덕지가 없는 답답한 상황이 수정이의 가슴을 꽉 틀어쥐고 놔주지 않는 것 같았기 때문이다.

물론 수정이는 아직 믿는 구석이 있었다.

며칠 전 지영에게 했던 로비가 바로 그것이었다.

지영은 수정에게 라이징파이브를 만나게 해 주는 조건으로 용민이 오빠에게 대시할 수 있도록 도움을 주는 응원군이 되어 주기로 했던 것이다.

수정이는 화장실 변기에 앉아서 만지작거리던 휴대폰을

들고는 지영이에게 문자를 보냈다.

[지영아, 용민 오빠에게 고백하는 거 도와주기로 했잖아. 안 도와줄 거야?]

곧바로 지영에게 답장이 날아왔다.

—문자 왔숑! 문자 왔숑!

[수정아, 미안해. 그렇지 않아도 생각하고 있었는데, 오빠가 너무 신바람이 나서 상황을 만들 틈이 없네. 잠시 후 조금 쉬자고 하면서 상황을 만들어 볼게. 너무 걱정하지 마.]

문자를 확인한 수정이의 표정이 밝아졌다.

원하던 내용의 답장이 왔기 때문이다.

수정이는 다시 답장을 보내기 위해 문자를 쓰기 시작했는데, 그때 수정이가 들어가 있는 칸의 문을 누군가가 노크했다.

똑똑.

수정이 대답했다.

"사람 있어요."

대답을 했지만 다시금 노크 소리가 들려왔다.

조금 전보다 크고 더 많은 횟수로 말이다.

똑똑똑똑똑!

수정은 자신도 모르게 언성을 높였다.

"사람 있다니까요!"

그제야 노크 소리는 잠잠해졌고, 수정이는 다시 문자를 보내는 데 열중할 수 있게 되었다.

[고마워. 그럼 잘 부탁할게.]

[-_-a ㅋㅋ 나야말로. 오빠 잘 부탁해.]

[내가 용민이 오빠랑 잘되면 크게 한턱 쏠게.]

[OK! 기대하겠어! ㅋㅋㅋ]

지영이의 답신을 마지막으로 수정이는 만족스러운 표정을 지은 채 자리에서 일어나 문을 열고 밖으로 나섰다. 그러자 모르는 여자애가 기다렸다는 듯이 문 앞에서 눈을 부라리며 욕설을 퍼부었다.

"씨발년. 언제 나오나 했다!"

순간 수정이의 눈앞이 번쩍였다.

강한 불빛을 맞이해서 그런 것이 아니라 누군가에게 맞아서 생긴 충격으로 인한 현상이었다.

*　　　*　　　*

용민이와 지영이 놀이기구를 타고 내려오자 아이들이 기다렸다는 듯이 손짓했다.

"용민아, 지영아, 이리 와!"

아이들은 테이블에 올려져 있는 떡볶이 라면 순대 김밥 피자 등등의 분식을 늘어놓고 허겁지겁 먹고 있는 중이었다.

지영이가 음식들을 보고 달가운 표정으로 다가가며 질문했다.

"어머! 이게 다 뭐야? 어디서 난 거야?"

미영이와 진숙이가 포크로 직접 떡볶이 한 조각을 찍어서 넘겨 주며 말했다.

"지훈이 오빠랑 윤찬이 오빠가 사 준 거야."

"와, 맛있다. 그렇지 않아도 배고팠었는데."

지영이가 이것저것 먹으며 지훈이와 윤찬을 돌아보자 둘은 어깨를 쭉 펴며 말했다.

"어서 먹어. 모자라면 더 시키고."

"지영이가 원한다면 더 맛있는 것도 사 줄 수 있어."

그 말에 여자애들의 의아한 시선이 지영이에게 쏠렸고, 사람들의 시선을 받은 지영이의 얼굴이 발갛게 물들었다.

그때 피자를 집어 든 용민이 코웃음을 치며 말했다.

"누구 앞에서 누구를 작업질이야?"

목소리에 살기가 듬뿍 담겨 있었다.

지훈이와 윤찬은 헛기침을 하며 어색한 웃음을 터트렸다.

"하하하. 조, 좋은 게 좋은 거잖아. 그렇지?"

지훈의 말에 윤찬이 대답했다.

"무, 물론이지. 좋은 게 좋은 거지. 하하하."

용민이 눈을 부라리며 피식 웃었다.

"하하하. 난 안 좋은데?"

용민의 한마디에 분위기가 싸늘하게 변하자 지영이가 용민의 어깨를 툭 치며 핀잔을 줬다.

"왜 괜히 심술이야? 사 줘서 고맙다고 하진 못하고?"

지영의 응원에 힘입은 지훈과 윤찬이 그새 기세등등해져서는 지영의 뒤로 찰싹 달라붙으며 한마디씩 내뱉었다.

"역시 지영이뿐이야."

"용민이는 친구 고마운 것을 모른다니까."

지영이 웃으며 장난스럽게 말했다.

"어쩌겠어요. 우리 오빠처럼 성질머리 더러운 친구를 둔 오빠들 잘못이죠."

"풋!"

주위에 있는 사람들이 지영의 말에 웃음을 흘렸다.

하지만 '성질머리 더러운' 용민만은 웃지 못하고 음식만 묵묵히 집어먹을 뿐이었다.

지금 용민은 바지에 똥 싼 듯 인상을 찌푸리고 있었다.

그때 지영이가 두리번거리더니 고개를 갸웃거리며 질문했다.

"그런데 수정이는 어딨어요?"

수영이가 대답했다.

"수정이? 화장실 간다고 갔는데?"

"언제 갔는데요?"

"한참 됐어. 그러고 보니 올 때가 되긴 됐는데 왜 안 오지?"

수영이 고개를 까웃거리자 지영이가 말했다.

"그래요? 그럼 내가 가 볼게요."

"아냐. 내가 가 볼게."

수영이가 말하자 지영이가 먼저 일어나며 대답했다.

"그렇지 않아도 화장실 가려고 했어요."

용민은 지영이가 화장실 방향으로 사라지는 것을 물끄러미 보다가 입술을 삐죽 내밀며 떡볶이 하나를 포크로 찍었다.

하지만 용민은 그 떡볶이를 입에 넣지 않았다.

아니, 넣지 못했다.

화장실 쪽에서 지영이의 비명 소리가 터져 나왔기 때문이다.

"꺄아아아악!"

음식을 집어먹던 아이들이 비명이 터진 방향으로 다급히 시선을 돌렸다.

"뭐, 뭐지?"

모두 당혹스러운 표정으로 용민을 찾았다.

용민은 이미 그 자리에 없었다.

용민은 지영의 비명이 터지기가 무섭게 바닥을 박차고 튀어 나간 후였기 때문이다.

아이들이 자신들도 모르게 입을 쩍 벌리며 놀란 심정을 드러냈다.

"설마 지금 지나간 게 용민이야?"

"저게 사람이 낼 수 있는 속도가 맞아?"

그러나 의문도 잠시.

지금은 그것이 중요한 것이 아니었다.

뒤늦게 정신을 차린 지훈이와 윤찬이도 그 뒤를 쫓아 뛰기 시작했다.

*　　　*　　　*

수정이 정신을 차리고 누가 자신의 뺨을 때렸는지 확인하기도 전에 머리를 틀어 잡힌 것이었다.

"뭐야!"

"뭐긴 썅년아. 너 꽤 건방지더라? 뭐? 사람 있다니까 아아?"

수정이 비명 대신 앙칼지게 소리쳤다.

"아아! 놓지 못해! 놔!"

"지랄하네."

"놓으라고!"

"이 싸가지 없는 년이 감히 누구한테 소리를 쳐! 죽고 싶어?"

수정은 자신의 머리끄덩이를 잡고 있는 여자의 옆에서 비웃음 소리와 함께 욕설들이 터져 나오는 것으로 자신을 포위하고 있는 녀석들의 수가 적지 않음을 파악할 수 있었다.

그러나 수정이는 그런 정도로 기를 죽일 아이가 아니었다.

"놓으라고! 놓지 못해!"

수정은 오히려 팔을 허우적거리다가 자신의 머리카락을 움켜잡고 있는 양아녀의 멱살을 잡고 재빨리 그 밑으로 늘어져 있는 머리채도 휘어잡았다. 수정이의 머리를 잡고 있다가 봉변을 당하게 된 양아녀가 비명을 터트렸다.

"꺄아아악! 놔, 놓으라고!"

"네가 먼저 놓으면 놔주지!"

"네년이 놓으란 말이야! 아아아아악!"

"미친년 지랄하고 있네!"

수정은 이를 악물고는 한 번 잡아챈 머리를 손으로 말아서 쥐며 악착같이 더욱 강하게 잡아당겼다.

처음 수정이를 공격하며 득의양양하게 웃음을 짓던 양아녀의 얼굴이 지금은 고통으로 일그러졌고, 비웃으며 수정의 발광을 지켜보던 여자들의 입에서 당혹스러운 목소리가 흘러나오기 시작했다.

다급하게 자신의 친구 머리카락을 움켜쥐고 있는 수정

의 손을 떼어 내고자 노력했다.

수정이의 머리를 내려치고 발로 차며 온갖 짓을 다했지만, 그럴수록 수정은 더욱 이를 악물고 달라붙었다.

수정이와 자신의 친구를 떼어 내려고 하던 양아녀가 이를 악물며 입구를 막고 서 있는 양아녀에게 손짓하며 소리쳤다.

"이런 찰거머리 같은 년을 봤나! 야! 밖에서 남자애들 불러와!"

그 말을 들은 양아녀가 고개를 끄덕이고는 등에 받치고 있던 화장실 문을 거칠게 당기며 밖으로 나갔다.

양아녀 하나가 밖으로 나가자 안에 있던 양아녀들은 표독스러운 눈빛으로 수정이에게 주먹을 휘두르며 욕설을 토했다.

"썅년 놓지 못해! 정말 죽고 싶어?"

"아, 안 되겠어! 이년 정말 죽여 버려야겠어!"

주위의 양아녀들이 별의별 짓을 다해도 수정은 자신이 잡고 있는 양아녀의 머리끄덩이를 놓지 않았다.

오히려 맞는 와중에도 독설로 맞섰다.

"흥! 너희 따위 년들에게 죽을 거였으면 애초에 혀 깨물고 죽었다!"

"이년이 끝까지!"

수정의 독설에 양아녀들이 눈을 세모꼴로 뜨며 주먹으

로 복부를 가격하고 발로 차며 수정에게 가하는 폭력의 수위를 높였다.

바로 그때 화장실 문이 벌컥 열리고 누군가가 들어왔다.

그러자 양아녀 하나가 문 열리는 기척에 뒤를 돌아보며 짜증을 냈다.

"아, 씨발. 아무도 문 안 잠갔어? 야, 나가. 험한 꼴 당하기 싫으면!"

하지만 안에 들어선 여자아이는 나갈 생각을 하지 않았다.

양아녀가 밀어내도 오히려 버티며 비명에 가까운 소리를 내질렀다.

"수! 수정아!"

여자아이는 바로 지영이었다.

3

"꺄아아악!"

지영이는 화장실 안의 처참한 광경을 목격하고는 놀란 토끼처럼 눈을 동그랗게 뜨고 비명을 터트렸다.

갑자기 터져 나온 비명으로 인해 화장실 안에서 수정이와 난투를 벌이던 다섯 명의 갈색 교복의 여고딩들이 잠시 멈칫거렸다. 비명이 터져 나온 곳을 향해 양아녀들이 짜증 나는 시선을 던지며 말했다.

"저 잡년 뭐야?"

"이년 친군가?"

"그런 것 같은데?"

"그럼 저년도 잡아 와. 이 싸가지 없는 년 때문에 열받아 미치겠는데, 잘됐네."

"뭐가?"

"이년 하나 작살내는 것으로는 화가 다 안 풀릴 것 같았거든. 뭐해! 잡아오지 않고!"

그 말에 양아녀들 셋이 우르르 몰려 나가 지영이를 잡아서 끌고 안으로 들어서며 화장실 문을 잠갔다.

달칵!

멱살과 머리를 잡힌 채 안으로 끌려 들어간 지영이 놀라 연신 비명을 터트렸다. 지영이의 존재를 알아차린 수정이가 다급한 몸짓으로 자신과 맞서고 있는 양아녀를 공격하며 벗어나려고 노력했다.

결국 자신과 맞서던 양아녀를 밀어서 넘어트리고는 지영이를 붙잡고 있는 양아녀들에게 육탄돌격을 하며 소리쳤다.

"지영아! 도망쳐!"

하지만 이미 도망칠 수 없는 상황이었다.

지영이가 안타까운 목소리로 수정이의 이름을 외칠 뿐이었다.

"수정아!"

그 순간, 단단하게 잠겨 있던 여자 화장실 문이 출렁거리더니 곧 거친 굉음을 터트리며 부서져 나갔다.

끼릭! 끼릭!

경첩에 매달린 나무로 된 문 조각이 애처롭게 흔들리며 고통의 비명을 질렀다.

"뭐, 뭐야?"

"문이 왜……."

화장실 안에 자리하고 있던 양아녀들은 모두들 놀라 입을 쩍 벌리고 입구를 바라보았다.

다만 한 명이 다른 반응을 보였다.

부서진 문의 잔재를 밀치며 안으로 들어서는 한 남자의 얼굴을 보았기 때문이다.

"지영아!"

"오빠!"

갑자기 모습을 드러낸 용민을 본 지영의 눈에서 순간 하염없이 눈물이 흘러내리기 시작했다.

"지영아, 괜찮아? 어디 다친 곳은 없어?"

지영의 얼굴은 뺨이라도 맞았는지 붉게 물들어 있었고, 머리를 잡혔었는지 산발이 되어 있던 것이다.

용민의 몸이 부들부들 떨렸다.

그때, 지영이가 대답했다.

"오빠, 난 괜찮은데, 수정이가……."

"수정이?"

용민이 뒤늦게 엉망이 되어 있는 수정이를 확인하고는 이를 뿌득 갈았다.

용민은 말없이 앞으로 나서며 지영이를 잡아서 끌어다가 자신의 등 뒤로 자리하게 했다.

그때 한 양아녀가 용민을 향해 소리쳤다.

"뭐하는 새끼야! 안 꺼져!"

그 말이 끝나기 무섭게 찰진 소음과 동시에 양아녀의 입에서 비명이 터졌다.

짝!

"악!"

용민이 앞으로 나서며 거침없이 팔을 휘둘러 뺨을 후려갈긴 것이었다.

그게 끝이 아니었다.

용민은 자신의 앞에 자리하고 있는 나머지 양아녀들의 뺨도 용서 없이 후려쳤다.

양아녀들은 하나같이 비명을 토하며 좌우로 나자빠졌다.

용민은 좌우로 무너져 바닥에 자빠진 양아녀들을 넘어서 수정에게 다가갔다.

"수정아, 괜찮아?"

"……."

수정은 자신의 앞에 다가와 손을 내미는 용민을 물끄러미 바라보았다.

그러곤 수줍은 듯이 고개를 끄덕였다.

지금까지의 분노는 어디로 갔는지 양아녀들에게 맞아서 붉어진 얼굴이 붉게 달아오르기 시작했다.

하지만 용민은 자신의 시선을 피하는 수정이 우는 것이라고 생각하고는 이를 으득 갈았다.

드러난 분노와 달리 부드러운 손길로 수정의 팔을 잡고 당기며 지영이 옆에 세웠다.

그때가 되자 정신을 차린 양아녀들이 이를 드러내며 앙칼진 목소리로 용민에게 소리쳤다.

"너 뭐야!"

"감히 우리를 쳤어!"

"넌 이제 죽었다고 복창해라!"

양아녀들의 욕설에 지영이와 수정을 보고 있던 용민이 고개를 돌렸다.

싸늘한 시선이 양아녀들의 전신을 훑었다.

양아녀들이 움찔거리더니 자신들도 모르게 용민의 시선을 피하고 말았다.

그것은 본능이었다.

하지만 그녀들의 물에 말아먹어서 상실한 개념으로 인해 파생된 무개념은 본능을 누르고 억울하다는 의식을 표출하게 만들었다.

그것이 그녀들의 불행의 시작을 이끌어 냈다.

"죽어!"

양아녀들이 독기 어린 시선으로 주위의 사물을 들고 용민에게 달려들었던 것이다.

용민은 그런 양아녀들을 분노도 거둔 채 무미한 시선으로 주시했다.

그러곤 빗자루를 들고 덤비는 양아녀의 복부에 강한 주먹을 꽂아 버렸다. 마대자루를 휘두르는 두 양아녀에겐 일그러진 안면근육이 펴지도록 주먹으로 안마를 해 줬다. 한 명은 곱게 맞아서 구석에 처박혔지만, 다른 한 명은 코를 맞아서 쌍코피를 터트리며 뒤로 날아가 기절하고 말았다.

이게 한순간에 일어난 일이었다.

남아 있던 두 양아녀들은 자신도 모르게 슬금슬금 뒷걸음질을 치기 시작했다.

그러나 용민은 추호도 용서해 줄 생각이 없었다.

한 걸음 다가갔다.

양아녀들이 공포에 질린 표정으로 신음을 흘렸다.

용민이 다시 한 걸음 다가갔다.

그러자 이번에는 이성을 상실한 표정으로 비명을 질렀다.

용민이 한달음에 거리를 좁히고 두 양아녀의 뺨을 강하게 후려쳤다.

짝! 짝!

"악!"

"아악!"

두 양아녀가 자신의 뺨을 감싸 쥐고 그대로 주저앉았다.

용민은 두 양아녀들을 한 번 보고서 등을 돌렸다.

하지만 손에 사정을 뒀던 탓일까?

아니면 공포에 질리다 못해 겁대가리를 상실한 탓일까?

그중 독하게 생긴 한 양아녀가 소리쳤다.

"죽여 버릴 거야!"

용민이 우뚝 멈춰 섰다.

그러자 소리쳤던 양아녀가 동시에 흠칫 놀라더니 턱을 덜덜덜 떨었다.

용민이 다시 고개를 돌리고 자신에게 소리친 양아녀를 내려 보았다.

"내가 심하게 아쉽다 싶었는데, 정말 네가 덜 맞은 게 확실하구나."

용민이 이를 갈며 발길을 양아녀에게 돌렸다.

지금 용민의 표정은 마치 악귀와도 같았다.

다급하게 뒤에 자리하고 있던 지영이 용민의 팔을 잡고

말렸는데, 조금 늦은 탓일까?

마지막까지 생짜를 부리던 양아녀가 자신에게 다가오려는 용민을 보고 자신도 모르게 눈을 까뒤집고 몸을 덜덜 떨더니 축 늘어진 것이었다.

밑으로 물이 흥건했다.

기절하며 지린 것이다.

용민은 그럼에도 양아녀들에게 다가가려 했지만, 지영의 팔을 뿌리칠 수는 없었다.

속에서 천불이 이글이글 타오르고 있었지만, 고개를 가로젓고 있는 지영의 시선을 마주한 용민은 더 이상 어떻게 할 도리가 없었다.

그때 지훈이와 윤찬이 사건의 현장에 도착을 했고, 자신들도 모르게 가벼운 휘파람과 탄성을 토하며 고개를 가로저었다.

"뭐야, 벌써 끝난 거야?"

"대체 무슨 일이 있었던 거야?"

그 질문에 용민이 답했다.

"보는 바와 같아."

지훈이가 상황 분석을 시작했다.

"딱 봐도 선량해 보이지 않는 꼬라지의 아가씨들 다섯이라……. 이 아가씨들이 수정이를 괴롭혔던 모양이군."

상황 분석도 필요 없을 뻔한 장면들이 눈앞에 그려지는

안의 풍경이었다.

하지만 윤찬은 한숨을 흘리며 양아녀들을 옹호하듯 한마디 했다.

"상황을 보니 내용을 알 것 같긴 한데, 여자들을 때린 것은 조금 그런 것 같은데?"

그러자 용민이 윤찬을 돌아보며 질문했다.

"누가 여자를 때렸는데?"

"응?"

뜻밖의 대답에 윤찬이 당혹감을 드러냈다.

그러자 용민이 다시 말했다.

"내가 때린 것은 여자가 아니야. 내 여동생들을 괴롭힌 괴한들이지."

"그, 그래?"

윤찬은 용민의 싸늘한 시선을 슬쩍 피하며 고개를 끄덕였다.

괜히 용민과 말싸움을 하고 싶지 않았기 때문이다.

그때 용민이 한마디 더 뱉었다.

"그래도 암컷이라 이 정도로 봐준 거야. 그 덕에 난 아직도 분이 안 풀렸다고."

윤찬과 지훈만이 아니라 이 자리에 있는 모든 이들이 고개를 끄덕이며 수긍했다.

누가 봐도 용민은 지금 화가 나서 미칠 것 같은 모습을 보이고 있었기 때문이다.
지훈이 말했다.
"사람들이 몰린다. 어서 나가자."
그 말에 이미 걱정스러운 표정으로 자신의 여동생 수정이를 부축하고 있던 수영이와 지영이를 살피던 소라가 밖으로 나섰다.
하지만 이미 사람들이 하나둘 두런거리던 터라 나서기가 쉽지 않았다.
윤찬과 지훈, 그리고 미영과 진숙이 사람들을 가볍게 밀며 길을 만들어 인간 울타리를 빠져나가려고 했다.
"용민아, 어서 가자. 뭐해."
"……."
용민이도 아이들의 재촉에 마지못해 뒤를 따르기 시작했다.
그러던 용민이 우뚝 멈춰 서더니 불만이 가득했던 입꼬리를 비릿하게 위로 끌어 올렸다.
자신들이 나가려는 곳 맞은편에 왠지 눈에 익은 갈색 교복의 고딩 녀석들이 건들거리며 모습을 드러냈기 때문이다.

玉簫降臨

3장

飲影徒隨我身暫伴月將影行樂須及春我歌月徘徊我
酒酒星不在天地若不愛酒 地應無酒泉天地既愛酒愛
道一斗合自然但得酒中趣勿醒者傳三月咸陽城千花晝
萬事固難審醉後失天地兀然就孤枕不知有吾身 此樂
聖酒酣心自開辭粟臥首陽 屢空飢顏回當代不樂飲虛

1

희희덕거리며 다가오던 녀석들이 대놓고 자신들 앞에 서자 주위를 둘러싸고 있던 사람들이 좌우로 갈라지며 길을 냈다. 녀석들은 사람들의 행동에 싸움에 이긴 개선장군마냥 득의양양한 표정을 지으며 앞으로 나섰다.

그 앞에는, 조금 전 양아녀들이 수정을 괴롭힐 때 문을 막아서고 있던 양아녀가 자리하고 있었다.

용민은 그 양아녀를 알아봤다.

자신이 도착하기 전 저 앞에서 뒤뚱거리며 반대편으로 달려가고 있던 뒷모습을 봤었기 때문이다.

화장실 안에 있던 양아녀들의 교복을 보며 대충 짐작은

하고 있었지만, 이로써 확실해졌다.

이 녀석들이 저 화장실 안에 있는 양아녀들의 또 다른 패거리라는 사실이 말이다.

그때 앞서 오던 양아녀의 표정이 놀람으로 일그러졌다.

용민 때문이 아니다.

용민의 일행에 섞여 있는 수정을 알아봤기 때문이다.

양아녀가 당혹감을 드러내며 소리쳤다.

"어라? 저년이 어떻게 밖에? 어라, 화장실 문이 왜 저렇게 됐지?"

양아녀의 말에 담긴 심상치 않은 뉘앙스를 눈치 차리지 못할 사람은 아무도 없었다.

무엇보다 양아녀가 놀라서 화장실로 뛰어 들어갔으니 말이다.

화장실에 들어간 양아녀가 비명을 토했다.

"뭐야! 애들이 왜 이래!"

그 외침에 그 양아녀를 따라온 남자애들 넷이 문이 부서져 있는 화장실 쪽으로 달려갔다.

그러고는 당혹감을 감추지 못한 목소리로 소리쳤다.

"뭐야! 희진아! 정신 차려!"

"으음. 으으음."

"규리야! 이게 어떻게 된 일이야!"

"흑흑. 흑흑흑."

화장실 안의 양아녀들은 아예 정신을 잃었거나 그냥 넋 놓고 울기만 할 뿐이었다.

결국 한 녀석이 분노로 이글거리는 목소리를 토하며 다급하게 화장실 밖으로 나오며 소리쳤다.

"네 녀석들이냐! 네 녀석들이 우리 여자친구들을 저 꼴로 만들었냐?"

그 말에 윤찬이 어깨를 으쓱하며 대답했다.

"아닌데?"

"뭐가 아니야! 지금 다 답이 나왔는데!"

양아치 녀석의 외침에 지훈이 말문을 열었다.

"정말 아니라고. 우리들이 저렇게 한 게 아니라니까?"

"그럼 누가 했다는 말이야!"

지훈이와 윤찬의 시선이 자연스럽게 용민을 향했다.

둘만의 시선이 아니었다.

지영이를 포함한 수영과 소라, 수정과 미영, 그리고 진숙의 시선도 용민을 향하고 있었으니 말이다.

그러자 자연스럽게 갈색 교복을 입고 있는 녀석들의 시선도 용민을 향하게 되었다.

그들의 시선을 마주한 용민은 어깨를 으쓱이며 이렇게 말했다.

"맞아, 나야. 내가 그랬지."

"이런 개새끼를 봤나!"

그러자 용민이 피식 웃으며 이렇게 말했다.

"그래, 개새끼한테 오늘 한번 제대로 물려 봐라."

* * *

용민의 말에 한 녀석이 앞으로 발걸음 하더니 비릿하게 웃음을 지으며 말했다.

"이런 미친 새끼를 봤나! 뭐? 물……!"

뻐억!

하지만 말이 끝나기 전에 이미 몸이 붕 떠서 부서진 화장실 입구로 날아갔다.

쿠당탕!

그게 끝이 아니었다.

녀석들이 놀라 표정을 일그러트리기도 전에 가장 왼쪽에 있던 녀석 하나의 고개가 반대쪽으로 힘차게 돌아갔다.

녀석의 돌아간 고개를 따라 누런 강냉이 하나가 입술에서 삐져나오며 허공에 비상했다.

"꾸어억!"

콰당!

그때 화장실 입구로 날아간 녀석이 벌떡 일어나 다시 덤벼들었다.

그러자 용민은 거침없이 발을 쭉 뻗어 자신을 향해 달려들고 있는 녀석을 향해 강한 앞차기를 날렸다. 용민의 앞차기에 맞은 녀석은 한 방에 몸을 붕 띄어 쭉 날아가더니 여자화장실 양변기 문짝을 부수고 바닥에 쓰러졌다.

마치 구겨진 박스 같은 모습이었다.

득의양양하게 덤벼든 녀석들이 걸레가 되어 바닥을 뒹구는 모습을 보던 다른 양아치 녀석들이 당혹감에 소리쳤다.

"뭐, 뭐야?"

"방금 무슨 짓을 한 거야!"

"이런 개자식이!"

용민은 녀석들의 짖음에 피식 웃으며 그들을 보았다.

"뭐하긴? 물고 있잖아."

"뭐?"

팟!

용민이 바닥을 박찼다.

순간 용민의 몸이 엄청난 속도로 앞으로 쏘아져 나갔다.

뒤에서 여자애들을 보호하며 지켜보고 있던 지훈과 윤찬도 간신히 용민의 움직임을 좇을 정도였다.

그 말인즉 바로 앞에 자리하고 있는 녀석들이 용민을

쫓을 수 없다는 뜻이다.

순식간에 사라진 용민 때문에 어리바리 까고 있던 녀석들 귀로 강렬한 타격음과 비명이 들려왔다.

빠악!

"칵!"

빠악!

"꾸엑!"

순식간에 두 녀석이 더 허물어졌다.

앞으로 치고 나간 용민은 오른쪽에 있는 녀석의 복부를 후려치기가 무섭게 그대로 머리를 들어 옆에 있는 양아치의 코에 박치기를 했던 것이다.

용민의 박치기에 양아치 한 놈의 코뼈가 아스트랄하게 뭉개졌다.

"우어어어! 내, 내 코!"

폭포수처럼 피가 흐르는 코를 잡고 녀석이 털썩 주저앉아 울부짖었다. 하지만 녀석은 온전히 바닥에 쓰러지는 것조차 무리였다.

"이렇게 쓰러지면 곤란하잖아. 안 그래?"

쓰러지는 양아치를 향해 용민이 에스코트하듯 멱살을 잡고 그를 들어 올렸다.

불가항력으로 다시 용민의 앞에 꼿꼿이 선 양아치가 두려운 눈빛으로 용민의 시선을 피했다. 잘못했다는 듯이 눈물을 펑펑 흘렸다. 그러나 용민에겐 씨알도 먹히지 않았다.

자신의 여동생 지영을 건드린 죗값은 사형이다.

당사자가 아니라도 그 죄는 크다.

용민이 손바닥을 번쩍 들고 후려치며 말했다.

"뭘 야려?"

짝!

"꽥!"

"그러게, 응?"

짝!

"꽥!"

"왜 개한테 덤벼서. 응!"

짝!

"꽥! 사, 살려 주……!"

오른손으로만 녀석의 왼쪽 볼따구를 사정없이 때렸다.

녀석의 한쪽 얼굴이 불그죽죽하게 변했다. 마치 아수라 백작처럼 보일 지경이었다. 옆에서 보고 있던 친구들은 당혹스러운 표정으로 지켜볼 수밖에 없었다.

덤빌 엄두가 나지 않았기 때문이다.

'저, 저 새끼 뭐야!'

'어디서 저런 새끼가 나타난 거야!'

순식간에 자신들의 패거리 넷이 당했다.

게다가 때리는 폼이 예사롭지 않다.

진짜 죽일 기세다.

'저, 저러다가 민석이 녀석 죽겠어!'

어떻게든 구해야 한다는 생각도 들었지만, 엄두가 나질 않았다.

그렇다고 지켜보고만 있을 수도 없었다.

결국 양아치들이 눈빛을 교환하더니 고개를 끄덕였다.

마음을 다진 것이다.

"이 새끼! 우린 허수아비로 보이냐!"

"이 씹새끼!"

남아 있던 다섯 놈의 고딩 일진 양아치 새끼들이 불을 향해 달려드는 날벌레들처럼 용민을 향해 달려들었다.

'쯧쯧.'

'그냥 가만히 있으면 1초라도 더 살 수 있었을 텐데.'

그들을 지켜보던 지훈과 윤찬이 고개를 절레절레 저었다.

그래도 걱정은 하지 않는다.

윤찬이 말했다.

"죽이진 않았아? 용민이는."

"지금까지는 죽인 적이 없긴 한데, 이번에는 사안이 조금 심각하잖아……."

지훈이 대답하며 걱정스런 표정으로 스윽 고개를 돌려 지영이를 바라보았다.

윤찬이가 자신도 모르게 시선을 돌리다가 고개를 끄덕이고는 한숨을 푹 내쉬었다.

*　　*　　*

퍼퍼퍼퍽!

갑자기 수박이 연달아 터지는 소리가 들렸다.

용민이 한 놈의 멱살을 왼손에 쥔 채로 뒤에서 달려드는 두 양아치 놈들을 향해 채찍처럼 발을 휘둘렀다.

달려들던 녀석들은 갑자기 우뚝 멈춰 서서는 온라인게임의 초보 존에 있는 허수아비처럼 쳐 맞고 멍한 눈빛으로 용민을 쳐다보았다.

순식간에 일어난 일이다.

하지만 상황을 이해하지 못할 정도는 아니었다.

온몸이 밀려오는 고통으로 상황을 설명해 주고 있었기 때문이다.

맞았다.

온몸이 아프다.

하지만 무슨 일이 일어났는지 이성적으로 판단을 할 수가 없었다.

털썩.

두 녀석이 입에 거품을 물고 나자빠졌다.

그것을 보던 용민이 이죽거리며 말했다.

“가만히 있으면 어련히 찾아가서 때려 줄 텐데. 몸이 근질거렸나 보지? 어디 보자. 남은 녀석들이 하나, 둘, 셋……. 쯧.”

용민은 안타까운 표정을 지으며 셈을 마쳤다.

아직 자신의 분노는 한가득인데 셋밖에 남지 않았다는 사실이 너무나도 억울했던 것이다.

어떻게 저 셋을 분배해서 패 줘야 이 분노를 가라앉힐 수 있을지 고민했지만, 어떻게 해도 답이 안 나왔다.

그때였다.

누군가의 건들거리는 목소리가 용민의 귓가를 간지럽힌 것은.

“뭐지? 이 재미난 시츄에이션은?”

2

“뭐지? 이 재미난 시츄에이션은?”

병길은 희죽거리며 주위를 둘러보았다.

그때 병길에게 한 여자애가 달라붙으며 말했다.

“병길아, 저기 가자. 자이로드롭 타자.”

병길이 말했다.

"여기가 더 재밌을 것 같은데?"

"무슨 일인데 그래?"

"무슨 일인지는 아직 잘 모르겠고. 우리 학교 애들이 있네? ……바닥에."

"어? 정말이네?"

그때 용민 앞에서 덜덜 떨고 있던 세 녀석이 화색이 만연해진 모습으로 소리쳤다.

"병길아!"

주변에 있는 사람들은 그들의 외침 소리를 듣고 자연스럽게 시선을 돌렸다.

이름 한 번 부른 것뿐이었지만 모든 사람들의 이목을 집중시키기에 모자람이 없었던 것이다.

병길이 자신의 이름을 부른 녀석들을 힐끔 바라보았다.

병길 옆에 자리하고 있던 다섯 명의 일진들이 눈을 부라리며 병길의 이름을 부른 녀석들에게 욕지거리를 내뱉었다.

"너희들 여기서 뭐하고 있어? 설마 누구한테 쳐 맞았냐?"

"병신 새끼들. 어디 가서 우리 경성고 학생이라고 말하지 마. 쪽팔리니까."

그러자 녀석들이 고개를 푹 숙였다.

"미, 미안."

녀석들은 이렇게 반응할 수밖에 없었다.

병길이와 같이 있는 녀석들이 바로 대전 지역 일진을 직접 이끄는 서열 상위권에 속한 이들이기 때문이었다.

그들이 따르고 있는 병길은 대전 지역 짱이었다.

그때 한 녀석이 애들에게 퍼붓던 욕설을 멈추고 뒤늦게 의문을 드러냈다.

"그런데 어떤 새끼들한테 당한 거야?"

세 녀석들의 시선이 자연스럽게 용민에게 닿았다.

병길과 일진 녀석들의 시선이 용민을 향한다.

그것을 옆에서 보던 사람들은 데자뷰를 경험한 것 같은 기분이 들었다.

왠지 조금 전에 이런 일이 한 번 더 있었던 것 같았기 때문이다.

"뭐야! 저 개갈 안 나 보이는 새끼들한테 당했다고!"

"그, 그게 아니라 저기 저 녀석."

"설마 한 놈에게 아홉이 당했다는 말은 아니겠지? 세 명에게 아홉이 당한 것도 쪽팔린데 한 놈이라고!"

"……."

세 녀석들이 고개를 다시 푹 숙이자 일진 녀석들이 이를 드러냈다.

"이런 미친 새끼들! 자랑이다! 자랑이야!"
바로 그 순간 병길이가 웃기 시작했다.
"어라? 크크크크크."
일진 녀석들이 병길에게 질문했다.
"뭐야, 병길아. 왜 웃어?"
"아, 반가운 얼굴들을 봐서 말이야. 그렇지 않아도 찾고 있었는데, 이렇게 만나게 되다니. 크크크."
모두가 고개를 갸웃거리고 있을 때 단 한 명만 병길과 비슷한 반응을 보이고 있었다.
바로 용민이었다.

*　　*　　*

"후후후후. 정말 이런 것도 인연이라는 건가?"
용민의 나직한 한마디에 지훈을 비롯한 아이들이 의문 어린 표정을 지었다.
무슨 일인지는 모르겠지만, 지금 나타난 저 얼굴에 피어싱 가득한 위험해 보이는 녀석과 용민이 안면이 있음을 파악할 수는 있었기 때문이다.
그때 지훈은 자신의 옆에서 답답하다는 듯 한숨을 흘리는 윤찬의 반응을 볼 수 있었다.
그는 알 수 있었다.

윤찬도 뭔가 알고 있다는 사실을 말이다.

그러고 보니 저 병길이라는 녀석이 '반가운 얼굴들' 이라고 했었다.

복수형이다.

용민만을 가리키고 한 이야기가 아니라면, 여기서 저 병길이가 알고 있는 얼굴이 하나 더 있다는 뜻인데……. 상황으로 봤을 때 그 다른 사람이 윤찬이일 확률이 높다고 생각할 수 있는 부분이었다.

"윤찬아."

"어? 왜 지훈아."

"너 저 녀석들 알고 있지?"

윤찬이 어색하게 웃으며 어깨를 으쓱였다.

"너랑 저 녀석들이 원래부터 알고 있었을 리는 없고."

"왜 그렇게 생각하는데?"

"용민이도 알고 있는 눈친데 용민이 성격상 저런 놈들을 가만히 놔뒀을 리가 없잖아."

"아하! 킥킥킥킥. 그렇지."

"무엇보다 용민이의 정체를 녀석들이 알고도 저렇게 뻔댈 수 있을 리가 없잖아."

"그렇지."

윤찬은 지훈의 말에 모두 수긍했다.

지훈은 그런 윤찬을 보고 한숨을 내뱉으며 물었다.

"설마 나랑 떨어진 그 짧은 시간 동안 뭔가 일이 있었던 거냐?"

윤찬이 검지 하나를 곧추세우며 대답했다.

"빙고다."

"잘났다."

지훈이 혀를 차며 고개를 가로저었다.

지영을 비롯한 여자애들도 지훈과 비슷한 표정으로 고개를 가로젓는 중이었다.

하지만 곧 지영과 여자애들은 걱정스러운 시선으로 용민의 등을 주시하기 시작했다.

아무리 용민이 강한 것을 알고 있다 해도 걱정되는 것은 어쩔 수 없는 일이었다.

*　　　*　　　*

"어이, 이렇게 보니 반갑네. 대가리를 아주 바스러뜨려 주고 싶었는데 말이지."

병길의 말에 용민이 대답했다.

"그렇지 않아도 네 녀석이 보여 줬던 그 혓바닥을 뽑아 주고 싶었는데, 기회가 이렇게 올 줄이야."

병길이 웃겨 죽겠다는 듯 웃어젖히기 시작했다.

"크크크크크! 이 녀석 정말 웃긴 새낄세. 그래, 어떻게 뽑을 건데?"

순간 용민의 몸이 주욱 앞으로 뻗어 나갔다.

걸어서 혹은 뛰어서 나간 것이 아니었다.

마치 유령이 이동하는 것과 같은 움직임이었다.

귀신같이 병길의 앞에 나타난 용민이 병길의 턱을 잡고 강제로 입을 벌리며 말했다.

"여기 뽑기 좋게 손잡이도 있네."

혀에 달려 있는 피어싱을 말하는 것이었다.

병길의 얼굴이 분노로 보기 좋게 일그러졌다.

"죽여 버리겠다!"

병길이 발길질을 시도했다.

하지만 용민은 병길의 발길질을 비웃기라도 하듯 몸을 뒤로 슬쩍 뺐다.

"이 새끼가 날 놀려! 죽어! 죽어!"

병길이 용민을 향해 선불 맞은 멧돼지마냥 달려들었다.

용민은 병길에게 옷깃조차 스치는 기회를 주지 않았다.

병길이 바짝 독이 올랐다.

뒤에 자리하고 있던 일진 녀석들에게 소리쳤다.

"뭐해! 이 개자식 잡지 않고!"

바로 그때 뒤에서 삐이익 하는 호루라기 소리가 들려왔다.

보니 경비업체의 사람으로 보이는 사내 셋이 이곳을 향해 달려오고 있었다.

득달같이 달려온 경비복을 입은 사내들은 병길이 무리와 용민 사이에 자리를 잡고 섰다.

“이 녀석들, 대체 뭐하는 짓이야!”

“당장 그만두지 못해!”

“여기가 어디라고 행패들이야!”

병길은 짜증이 가득 어린 표정으로 소리쳤다.

“아, 씨발. 이것들은 또 뭐야!”

병길의 한마디에 경비업체 사내들의 얼굴이 구겨졌다.

“뭐? 이것들? 이 어린노무 자식이!”

하지만 사내들은 더 이상 아무런 말도 할 수 없게 되었다.

병길이 달려들어 앞에 있던 사내 한 명의 발목을 후려차 넘어트리더니 그대로 넘어진 사내의 얼굴을 걷어차서 기절시켰기 때문이다.

주위에 구경하던 사람들이 걱정 어린 시선으로 비명을 질렀다.

놀란 경비업체 사내 둘이 병길을 향해 달려들었다.

달려오는 사내들을 보며 병길은 슬쩍 뒤로 빠졌다.

그러자 좌우에 포진하고 있던 일진 녀석들이 달려들었다.

"어어?"

놀람도 잠시, 순식간에 나자빠진 사내들을 일진 녀석들이 미친 듯이 밟기 시작했다.

사내들은 곧 넝마가 돼서 바닥에 널브러졌다.

병길은 경비업체 사내들을 내려다보며 바닥에 침을 뱉었다.

"퉤! 뭣도 아닌 것들이."

그러곤 시선을 돌려 다시 용민을 주시했다.

용민은 피식거리며 손가락을 까딱거렸다.

용민의 도발에 병길이 다시 이를 드러냈다.

"내가 오는 기필코 네 녀석 껍질을 벗겨 주마. 그때도 그렇게 건방진 짓을 하는지 두고 보지."

그 말이 끝나자마자 경비업체 사내들을 쓰러트려 득의양양해진 일진 녀석들이 용민을 향해 달려들었다.

3

달려오는 일진들을 보며 지영이를 비롯한 여자애들을 미리 멀찍이 뒤로 빼놓은 윤찬이와 지훈이가 용민에게 다가와 말했다.

"우리가 도와줄까?"

"다 내 꺼다. 건들지 마라."

용민에 대답에 둘은 다시 한 번 말을 걸었다.

"괜찮겠냐?"

"나 범죄자 친구는 두기 싫다."

"죽이진 않도록 노력할게."

용민의 대답에 고개를 끄덕이는 윤찬이와 지훈이었다.

윤찬이와 지훈이 슬쩍 뒤로 빠지자 용민이 몸을 오른쪽으로 피하며 왼손으로 자신을 향해 달려든 녀석의 얼굴을 잡고 그대로 바닥에 내리꽂았다.

퍼억!

"커흐헉!"

폐부에서 올라온 듯한 비명과 답답한 신음이 터져 나왔다.

용민은 그 자리에서 녀석의 일그러진 얼굴을 보고 히쭉 웃어 줌과 동시에 몸을 앞으로 뺐다.

날아차기를 하며 달려드는 두 녀석이 허공을 가르며 용민의 등 뒤를 스친다.

용민은 앞으로 치고 올 줄 몰랐다는 표정을 짓고 있는 두 녀석을 향해 고개를 갸웃거리며 이렇게 물었다.

"뭐해? 가만히 있고?"

"어?"

"'어?' 는 뭐가 '어?' 야? 병신 새끼들. 우선 하나는 마음에 든다. 맞을 자세는 제대로 됐구나!"

용민이 달려드는 순간, 녀석들의 눈동자에 경악이 어린다.

본능이 위험을 경고한다.

피해!

하지만 본능의 외침이 녀석들의 뇌에 닿기도 전에 용민의 무릎이 왼쪽에 있는 일진 녀석의 안면에 꽂혔다.

퍼억!

"크아아악!"

용민의 화려한 니킥에 얼굴을 맞은 녀석의 몸이 뒤집어진 채 공중에 부웅 뜨더니 마치 슬로우모션처럼 반원을 그리며 병길 앞에 떨어졌다.

털푸덕!

병길은 자신의 앞에 떨어져 얼굴이 피범벅이 된 채 꿈틀거리고 있는 녀석을 향해 발길질을 하며 분통을 터트렸다.

"이런 병신 같은 자식들! 제대로 하지 못해!"

병길이 그렇게 분풀이를 하고 있을 때 용민은 다른 일진 녀석의 안면을 팔꿈치로 내리찍고 있는 중이었다.

녀석의 몸이 뒤로 젖혀지자 용민은 그대로 굽어진 무릎 뒤쪽을 강하게 내질렀다.

"아악!"

급속도로 굽어진 무릎으로 인해 중심을 잃고 뒤로 자빠

지는 녀석의 가슴 위로 용민이 내리찍기를 시도했다.

뻑!

"켁!"

가슴을 강타당한 일진 녀석이 눈을 까뒤집고 입에 거품을 문 채 기절하고 말았다.

정말 한순간에 일어난 일이었다.

그제야 사태의 심각성을 파악한 듯 병길과 일진 녀석들이 주춤거리며 용민의 주위를 둘러쌌다.

병길이 질문했다.

"너 누구냐? 대체 어떤 새끼냐!"

그러자 용민이 태연하게 대답했다.

"어떻게 떠드는 거지? 아차! 내가 아직 네 녀석 혀를 안 뽑았구나. 조금만 기다려라. 곧 뽑아 줄 테니까."

병길이 비릿하게 웃었다.

"큭큭큭큭. 병신 새끼 지랄을 해요. 지라……."

하지만.

퍼억!

"컥!"

욕을 마저 다 내뱉지 못했다.

턱으로 밀려온 엄청난 충격에 목이 뒤로 꺾이며 정신이 잠시 혼미해졌기 때문이다.

곧 정신을 차린 병길의 눈이 동그랗게 떠졌다.

자신이 어떻게 당했는지 알 수 없었기 때문이다.

바로 앞에서 용민이 싸늘한 시선으로 병길을 마주 보았다.

"주둥이 조심하고 대기 타라. 곧 원하던 대로 두들겨 패 주고 혀도 뽑아 줄 테니까."

순간 병길의 가슴이 서늘해졌다.

그제야 깨닫게 된 것이다.

자신이 건들면 안 되는 녀석을 건드렸다는 사실을.

또 지금의 깨달음이 너무 늦었다는 사실을 말이다.

* * *

용민은 지금 신명 났다.

두들기고, 패고, 밟고, 까고, 찍고, 후리고, 찌르고…….

둥둥둥둥둥! 두구두구두구두구두! 둥! 둥!

녀석들은 말 그대로 북처럼 맞았다.

북의 위치에 따라 달라지는 소리처럼 녀석들은 전신으로 다양한 소리를 골고루 익사이팅하게 터트리며 용민을 즐겁게 해 주었다.

녀석들의 반격은 씨알도 먹히지 않았다.

꼼지락거린 것을 이유로 한 대 더 맞는 친구들을 계속 봐 왔기 때문에 이제는 그냥 대놓고 용민의 주먹에 몸을 맡기기에 이르렀다.

"켁!"

"꾸엑!"

용민은 최고의 주먹 장인이었다.

"이 주먹은 당신들이 생각하는 그런 주먹이 아니야."

주먹 한 방, 한 방.

정성을 다해 녀석들의 몸을 때렸다.

"얼쑤!"

용민이 신명 나게 녀석들을 두드리다 자신도 모르게 구성지게 외친 기합이었다.

그렇게 폭풍 같은 시간이 흐르고 순간 적막이 흘렀다.

지금까지 사방으로 휘몰아치던 용민이 우뚝 멈춰 선 탓이다.

용민의 고개가 스윽 돌더니 병길을 보고 씨익 웃는다.

순간 다른 구경꾼들과 같이 멍한 표정으로 자신의 수하들이 떡이 되는 모습을 지켜보고 있던 병길이 움찔했다.

자신도 모르게 마른침을 꿀꺽 삼켰다.

병길은 처음 용민을 잡놈 취급하며 무시하던 것과 달리 지금은 잔뜩 쫄아 있는 상태였다.

용민이 자신이 생각하고 있는 일반적인 놈들과 다르다는 사실을 깨달았기 때문이다.

싸움에 자신이 있긴 하지만, 저 정도는 아니다.

저렇게 열댓 명과 싸우며, 아니 싸우는 수준이 아니다.

그냥 구타다.

일방적인 구타.

저런 엄청난 사람이 세상에 있다니 도저히 믿어지지 않았다.

문뜩 어디서 저런 녀석에 관한 이야기를 들은 것 같은 기분이 들었다.

그때는 말 같지도 않은 소리로 치부하며 무시했었는데, 왠지 폭주족 50명과 단신으로 싸워 이겼다는 그 소문이 사실일 수도 있겠다는 생각이 일 정도였다.

설마 그 소문의 주인공이 눈앞의 녀석일 리는 없겠지만 말이다.

병길이 자신도 모르게 뒷걸음질을 치다가 스스로 움찔 놀라고 말았다.

주위를 돌아보니 자신을 따라다니던 양아녀들이 자신을 주시하고 있는 게 시야에 들어왔다.

기분이 엿 같다.

"씨발."

으득.

병길이 자신의 어금니를 강하게 다물었다.

주먹을 꾸욱 움켜쥐고 용민을 노려보았다.

용민이 그런 병길을 보고 피식 웃더니 한 걸음 성큼 다가섰다.

둘의 거리가 쑤욱 하고 좁혀졌다.

병길이 움찔하며 뒤로 한 걸음 물러섰다.

'젠장!'

병길이 인상을 구겼다.

대체 이 녀석이 뭐길래?

아무리 마음을 다잡아도 본능이 반응하는 것까지 누를 순 없었다.

병길이 발악하듯 소리쳤다.

"씨발, 가까이 오면 어쩔 건데 개새야!"

병길이 소리를 버럭 지르며 용민을 향해 주먹을 내질렀다.

휙!

"응?"

병길의 주먹이 허무하게 허공을 갈랐다.

눈앞에 있던 용민이 사라진 것이다.

찐따처럼 변한 병길이 용민을 찾기 위해 고개를 돌렸다.

병길이 용민을 찾기도 전이다.

빠억!

둔탁한 소리와 함께 병길의 고개가 젖혀졌다.

'조, 존나!'

비명을 지르는 것도 잊고 병길이 뒷걸음질 치며 손바닥으로 입을 막았다. 입 안이 찢어진 듯 손바닥에 피가 묻어 나왔다.

"아, 아…… 씨발!"

이렇게 맞아 본 적이 얼마만이던가.

아니 얼마만이라고 할 것도 없다.

처음이니까.

병길의 표정이 야차처럼 와락 구겨졌다.

병길이 눈을 번뜩이며 고개를 들어 용민을 보았다.

"어?"

그런데 타이밍도 좋다.

고개를 들자마자 눈앞에 용민의 주먹이 날아오고 있는 것이 시야에 들어왔다.

빠악!

"컥!"

용민이 질문한다.

"아프냐?"

허공을 비상하며 튕겨져 날아가는 병길을 보며 용민이 물었다. 하지만 대답까지 생각하지는 않았는지 이어서 말을 내뱉었다.

"맛있는 거를 마지막에 먹는 버릇 때문에 정말 지금까

지 기다렸다. 좋지 않은 버릇이긴 하지만 그만큼 대가치는 있거든. 기대해도 좋아. 이제 시작이니까."

용민의 눈동자가 반짝임과 동시에 오른발이 바닥을 강하게 굴렀다.

그 반동으로 용민의 신형이 허공으로 날아올랐다.

玉簫降臨

4장

影徒隨我身暫伴月將影行樂須及春我歌月徘徊我舞
酒星不在天地若不愛酒 地應無酒泉天地既愛酒愛
道一斗合自然但得酒中趣勿醒者傳三月咸陽城千花晝
萬事固難審醉後失天地兀然就孤枕不知有吾身 此樂
酒酎心自開辭粟臥首陽 屢空飢顏回當代不樂飲虛名

1

인천공항으로 전세기 한 대가 내려왔다.

승무원과 기장의 정중한 인사를 받으며 금발의 사내가 전세기에서 모습을 드러냈다.

"몸이 찌뿌둥하네. 그런데 회장님은 정말 마중도 안 나오신 건가? 설마설마했는데. 쩝."

윤찬의 비서인 케리는 입맛을 쩍 다시며 전세기 아래서 대기하고 있는 고급 승용차 뒷좌석에 몸을 싣고 운전사에게 말했다.

"지금 바로 회장님께로 가죠."

"알겠습니다."

*　　*　　*

건방진 양아치 녀석들을 깨부수는 통쾌함도 잠시.

용민이 병길을 상대하는 모습을 보면서 너무 과격해지고 있다는 생각이 들었다.

구경하던 사람들의 인상이 하나둘 일그러질 정도였다.

병길이 맞고 있는 모습을 보면 속이 후련하긴 한데, 저러다 죽진 않을지 걱정이 되었기 때문이다.

지훈과 윤찬, 지영을 비롯한 용민의 친구들도 주변 사람들과 같은 모습을 보이고 있었다.

"위험한데?"

"말려야 하지 않을까?"

두런거리는 주변의 목소리에 지훈과 윤찬이 대화를 나눴다.

"괜찮겠지?"

"용민이가 생각이 없는 놈은 아니니까."

하지만 말과 달리 불안한 표정이 역력했다.

"……아마도……."

"……."

*　　*　　*

뚜시뚜시!

용민의 주먹이 사정없이 휘둘러진다.

패는 폼새를 보니 당장이라도 죽일 것만 같다.

하지만 용민은 구타의 달인이었다.

아픈 곳만, 하지만 치명적이지 않은 곳만 골라서 때리는 능력이 훌륭하다 못해 뛰어났다.

지켜보는 사람들에게는 어떻게 보일지 모르겠지만, 용민은 지금 정말 달인으로서의 능력을 120% 보이고 있는 중이었다.

"아악! 아악! 아악!"

용민의 주먹이 한 방, 한 방 꽂힐 때마다 병길의 입에서 외마디 비명 소리가 터졌다.

비명이 그치는 순간 죽을 것 같았기 때문이다.

용민이 다정하게 말했다.

"이봐, 친구. 이대로 쓰러지면 안 되잖아?"

"끄으으으, 미, 미안……."

"음? 뭐라고?"

"미안……해……요오……."

"그러게 미안할 짓을 왜 해 씹새야. 우선 미안할 짓을 한 것을 아니 맞아도 억울하지는 않지?"

병길은 억울하다는 표현을 하고자 했지만, 이미 용민의

마빡이 병길의 안면과 충돌하기 직전이었다.

뻐억!

뼈 부러지는 소리가 허공에 울려 퍼졌다.

병길은 부러진 코에서 피를 줄줄 흘리면서 다급하게 외쳤다.

죽기 직전에 보이는 회광반조의 현상과 같은 것일까?

지금까지 내뱉던 말이 신음처럼 들리던 것과 달리 이번에는 똑똑하고 선명하게 고막을 건드렸기 때문이다.

"미, 미안해! 미안해!"

병길의 사과를 들은 용민이 입꼬리를 슥 올리며 대답했다.

"알아."

대답과 동시에 용민이 다시 구타를 시작했다.

병길은 전신을 아우르는 통증을 느끼며 생각했다.

'아, 안다며?'

그때 용민이 말했다.

마치 병길의 생각을 들은 것처럼 대답이라도 하는 것 같은 말이었다.

"그래, 알아. 아니까 때리는 거야. 네가 덜 미안해질 수 있도록."

'그게 무슨 개소리냐!'

용민이 열심히 구타하며 말을 이어 나갔다.

"진짜 그렇게 된다니까? 계속해서 맞다 보면 '미안해'에서 '이 정도면 되지 않았나?', '내가 잘못하긴 했지만 얼마나 더 맞아야 하지?', '내가 이렇게까지 맞을 짓을 하지는 않았는데.', '너무하잖아.', '사람이 잘못했다고 해도 이렇게까지 때리는 것은 너무하잖아!', '그냥! 죽여라! 죽이라고!' 등등의 단계별로 생각이 들게 마련이거든. 하지만 널 보니 아직은 조금 더 맞아도 될 것 같아."

'그, 그런 좆 같은 소리가!'

병길이 피를 토하는 듯한 심정으로 외쳤, 아니, 생각했다.

외치고 싶었지만, 입 밖으로 나올 수 있는 소리는 비명뿐이었기 때문이다.

그나마 병길은 그 억울함에 사무친 생각조차 이어 나갈 수가 없었다.

짝! 짝! 짝!

용민의 찰진 손맛 때문이었다.

용민이 손바닥을 꼿꼿이 펴 병길의 왼쪽 뺨따구를 후려쳤다.

한 대, 두 대, 세 대.

이젠 오른 뺨을 때리던 중 용민이 흥에 겨웠는지 다시 주먹을 들더니 이렇게 말한다.

"아! 얼마나 때렸는지 계산을 안 했네. 그럼 처음부터 다시 시작하면 되지, 뭐.”

말뿐이 아니었다.

말이 끝나기 무섭게 용민은 주먹을 난사했다.

투다다다다다다다!

병길은 전신을 아우르는 고통을 느끼며 정신줄을 놓기 시작했다.

그때 용민이 아차 싶은 표정으로 때리던 손길을 멈추고 병길에게 말했다.

“아참. 너 아까 내가 누구냐고 물었었지? 대답해 준다는 것을 깜빡하고 있었네.”

‘이제는 안 궁금해, 씨댕아…….’

“내 이름은…….”

그것으로 병길의 모든 의식이 뚝 끊어졌다.

* * *

병길이 눈을 떴다.

정신을 차리고 보니 경찰이 찾아왔다.

한참 후 자신의 앞에서 변호사라고 하는 누군가가 뭐라고 지껄이는 것을 들을 수 있었다.

그러나 아무것도 남지 않는다.

그냥 씨부리라고 생각하고 귀를 닫았다.

그런데 자꾸 건드린다.

화가 났지만 몸이 아프다 보니 화를 내는 것도 귀찮았다.

그냥 조금 더 쉬고 싶었다.

그런 병길의 마음을 알아줄 생각이 없는 건지 사람들은 병길을 놔주지 않았다.

울컥했다.

'다 나가라고!'

소리치고 싶은데 목소리가 나오지 않는다.

바로 그때 거슬리는 뭔가가 고막을 깊숙이 파고 들어왔다.

순간 누워 있는 병길의 몸이 떨리기 시작했다.

부르르르.

자신이 왜 이렇게 몸을 떠는지 알 수가 없었다.

그리고 왜 이토록 불안감과 두려움에 몸서리치고 있는지 알 수 없었다.

전신이 바들바들 떨리며 등골에 서늘한 한기가 밀려오기 시작했다.

그리고 전신 구석구석이 욱신거리며 쑤셔 오는 것이 아닌가.

식은땀이 절절 흐르며 베개 잎을 축축이 적셔 왔다.

그때 변호사라는 인간이 다시 말을 건다.

"병길 군, 용민 군과 합의를 하시죠. 합의를 하지 않아도 이미 병길 군이 지금껏 쳐 온 사고에 대한 것과 놀이공원에서 일어난 모든 정황 증거와 증인들이 충분하지만, 조용히 끝내고 싶으시다는 의뢰인의 의견 때문에 합의를 권하는 겁니다. 만일 더 이상 대답을 하지 않으시겠다면 합의 없이 그냥 사건을 진행하……."

병길의 눈이 번쩍 뜨였다.

그 속에 원초적인 공포가 맺혀 있었다.

변호사가 떠드는 이야기는 하나도 들리지 않았다.

하나 있다면 그가 떠든 수많은 이야기 중에 한 단어.

바로 '용민'이라는 이름뿐이었다.

병길의 몸이 바짝 굳어 버렸다.

그때 변호사가 이상한 낌새를 차리고 고개를 갸웃거리며 병길을 건드렸다.

"병길 군?"

순간 병길이 병실 침대에서 벌떡 일어나며 비명을 질렀다.

"으악! 으악으악으악!"

병실 안에 있는 경찰들과 의사, 간호사와 변호사가 동시에 깜짝 놀랐다.

다급하게 의사가 발작하는 병길을 누르며 간호사와 경찰들에게 도움을 청했다.

"갑자기 왜 이러지? 어서 잡아요!"

다들 우르르 달려들며 병길을 잡았다.

의사가 말했다.

"이봐! 정신 차리라고! 안 되겠어. 진정 좀 시킬 필요가 있겠어."

간호사가 비상 전화로 추가 인원을 호출했다.

"박 간호사? 여기 진정제 좀 보내 주세요!"

다급하게 시간이 흘러갔고, 달려온 간호원이 병길의 몸에 주삿바늘을 찔러 넣었다.

그러자 입에 거품을 문 채 덜덜 떨고 있던 병길이 축 늘어져서는 말했다.

"뭐, 뭐든 할게요. 합의든 뭐든. 그러니 제발 그 이름만은……."

2

폭풍과도 같았던 소풍이 지나고 사흘이 흘렀다.

그날의 사건은 또 하나의 전설이 되어 지금 전국 고교를 떠들썩하게 하고 있었다.

시간이 지나면 지날수록 용민의 전설은 더욱 대단하게 변모를 하고 있었고, 지금은 장풍을 쏜다는 이야기까지 나오는 중이었다.

물론 그 전설의 주인공인 용민은 전혀 개의치 않는 모습이었지만 말이다.

그동안 이래저래 휘둘리며 피곤했었기 때문이다.

증인들이 많은 상황에서 일어난 폭력 사건이었던 탓이다.

용민에게 적지 않은 부분들이 불리한 상황이었다.

아무리 방어를 하려고 했다지만 과잉방어라는 이야기가 나오고 있었기 때문이다.

하지만 많은 사람들이 용민에게 좋은 방향으로 증언을 해 줬고, 병길과 일진들에게 피해를 입은 경비업체 요원들도 악다구니를 써 가며 용민의 정당성을 외쳐 주장해 준 탓에 정상참작을 받게 되었지만 말이다.

무엇보다 윤찬이 연결한 변호사의 도움이 정말 컸다.

변호사는 어디서 준비를 해 왔는지 병길과 일진 녀석들이 저지른 사건 목록을 증거로 용민이 오히려 피해자라는 상황을 만들어 낸 것이다.

녀석들이 많이 다치긴 했지만, 그렇게 많은 무리가 덤비는데 친구들을 보호도 해야 하는 입장에서 손에 사정을 두고 싸운다는 것은 말이 안 되지 않냐며 변론을 토했다.

더군다나 병길이 스스로 잘못했다고 인정하며 합의를 한 탓에 용민은 구차하지 않게 깔끔히 무죄로 풀려나게 되었다.

*　　　*　　　*

폭력 사건으로 인해 잠시 학교를 뜻하게 않게 쉬었던 용민은 무죄 상태가 입증되자 다시 등교에 나섰다.

담임이 더 쉬어도 좋다고 했지만, 용민은 괜찮다며 죄송하다는 인사를 하고는 학교에 나가겠다는 의사를 밝혔다.

하지만 용민은 곧 담임이 어째서 더 쉬어도 좋다고 했는지를 등교를 시작하고 얼마 있지 않아 깨닫게 되었다.

"꺄아아아악! 용민이다!"

"여기 좀 한 번만 돌아봐 줘!"

"용민아, 안녕!"

"용민아, 사랑해!"

갑작스러운 함성.

용민이 움찔했다.

주변에 같은 학교 여학생뿐만 아니라 다른 학교에서 원정 온 여학생들이 장사진을 이룬 채 용민을 기다리고 있었기 때문이다.

용민이 뜨기가 무섭게 어디에 자리하고 있었는지 갑자기 불어나는 여학생 무리에 의해 학교 앞은 혼잡해지기 시작했다.

용민은 뜨악한 표정으로 뛰기 시작했다.

여학생들이 눈을 번뜩이며 자신을 향해 달려들었기 때문이다.

'조, 조금만 더 가면 교문인데!'

그러나 교문까지 가기도 전에 여학생들의 무리에 휘말릴 상황이다.

결국 교문으로 등교를 포기하기로 마음먹었다.

용민이 힐끔 자신의 옆에 우뚝 솟아올라 있는 담으로 시선을 돌렸다.

그러곤 등교하다 말고 저 앞에 서서 이 상황을 구경하고 있던 한 녀석에게 소리쳤다.

"야! 숙여!"

"응? 나?"

용민의 부름에 깜짝 놀란 녀석이 어리바리한 표정을 지으며 엉거주춤한 모습을 보이자 다시 외쳤다.

"몸 숙이라고!"

"어? 어!"

그제야 녀석이 다급히 몸을 꾸벅 숙였다.

용민은 녀석의 어깨를 슬쩍 밟고는 그대로 담을 뛰어넘었다.

거의 무게감이 느껴지지 않는 움직임이었다.

실제로 몸을 숙인 녀석도 용민의 무게를 거의 느끼지

못했다.
사실 용민은 담을 그냥 뛰어서 넘을 수도 있었지만, 그렇게 되면 괜히 더 이상한 소문이 떠돌지도 모른다는 판단에 도움닫기를 한 것이었다.
하지만, 용민의 판단은 별로 의미가 없었다.
용민이 사뿐하게 담을 넘어선 순간.
"우와아아아아아!"
"까아아아아!"
미칠 듯한 함성이 터져 나왔다.
여자들이 팔짝팔짝 뛰며 호들갑을 떨었다.
"너무 멋있어! 너도 봤니?"
"순간 하늘을 나는 것 같았어! 어떻게 저렇게 멋있을 수가 있지? 아, 용민아!"
여자애들은 말할 것도 없이, 질투심에 눈이 멀어 시큰둥하게 바라보고 있던 사내 녀석들도 우와아아 하며 감탄사를 연발할 정도였으니 말이다.
용민이가 얼마나 멋있게 느껴지는지 눈이 부실 지경이었다.
용민이 담을 넘어 학교 안으로 사라지자 여학생들이 교문을 뚫고 우르르 밀고 들어가려고 했다.
하지만 이미 진을 치고 준비를 하고 있던 학생부 애들이 바짝 긴장한 표정으로 교문을 닫았다.

드르르르륵! 쾅!

성공이다!

그러나 학생부들은 식은땀을 훔칠 수도, 안도의 한숨을 내쉴 수도 없었다.

교문이 닫히자 밖에서 진을 치고 있던 여학생들이 교문에 달라붙어 행패를 부리기 시작했다.

"열어 줘!"

"빨리 열지 못해! 부숴 버린다!"

그때 학생주임이 밖을 향해 소리쳤다.

"빨리 자기 학교에 가지 못해! 지금이 몇 신데 남의 학교에서 행패야!"

하지만 여학생들의 귀에 학생주임의 외침은 들리지 않았다.

오히려 욕설을 퍼부으며 더 크게 고함을 질렀다.

"닥쳐! 늙다리!"

"어서 용민이 내놔!"

"우리 용민이를 내놓으라고!"

그런 소란함과 정반대로 뒤쪽에 뭉쳐 있는 학생들은 침울한 표정을 짓고 있었다.

"서, 설마 했는데 교문이 닫혔다!"

"아, 안 돼!"

"아직 등교 시간 남았는데, 벌써 닫으면……."

털썩.

이번 사태로 인해 파생된 피해자인 학생들은 여학생 무리에 밀려 등교는커녕 찍소리도 못 하고 눈물을 훔치며 멍하니 서 있을 뿐이었다.

* * *

반면에 이번 사태를 일으킨 주인공은 주변의 소음에 귀를 닫고 유유히 안으로 들어섰다.

학교 안에서도 수군거림은 있었지만, 밖에 상황보다는 나은 편이었다.

달려드는 애들은 없었으니까.

하지만 교실에 들어서자마자 흠칫 놀라고 말았다.

용민의 책상 가득 편지와 선물이 하늘 높은 줄 모르고 쌓여 있었기 때문이다.

용민은 곤란한 표정을 지으며 그것을 빤히 바라보았다.

그러자 언제 왔는지 은근슬쩍 옆으로 다가온 윤찬이 밝은 얼굴로 인사했다.

"용민아, 등교했네?"

"그럼 학생이 학교에서 공부해야지."

그 말에 윤찬이 피식 웃었다.

마치 가당치도 않은 이야기를 들은 듯한 표정이었다.

용민은 욱했지만 조용히 자리에 앉았다.

윤찬이 다시 말했다.

"며칠 더 쉬어도 된다니까."

"아참. 네 덕에 일이 쉽게 풀렸다. 고마워."

윤찬이 고개를 끄덕이며 이야기의 흐름을 돌렸다.

"네 녀석이 부럽다."

"뭐가?"

"그거 말이야, 선물들. 아, 인기 없는 사람 서러워서 어떻게 살라고. 좋겠다."

윤찬의 앓는 소리를 들으며 용민은 책상 앞에 쌓여 있는 선물들로 시선을 돌렸다.

"좋긴. ……언제부터 이렇게 쌓여 있었냐?"

"소풍 끝나고 다음 날 학교에 왔더니 있더라고. 처음에는 이 정도까진 아니었는데, 시간이 지나면서 탑이 되더라고. 얼마나 신기하던지."

"네가 정리 좀 해 주지 그랬냐."

용민의 말에 윤찬이 고개를 가로저었다.

"그렇지 않아도 그러려 했는데 등 뒤에서 살기가 느껴지더라. 마치 만지기만 하면, 치우기만 하면 등에 다양한 종류의 칼로 꽂꽂이를 당할 것 같아서 말이지. 그래서 손 뗐다. 오죽했으면 선생님들도 못 본 척했겠냐?"

"그래?"

윤찬의 말에 용민이 고민했다.

"이것들 어떻게 처리할 거냐? 혹시 버릴 거냐?"

"네 등만 사람 등판이고 내 등은 칼꽂이용으로 보이냐?"

"너도 그런 거 무서워하냐?"

"당연하지. 내가 왜 한 번 패면 끝을 보는 줄 알아?"

"왜?"

"어중간하게 패서 독기만 건드리면 칼 들고 쫓아오거든. 그래서 어정쩡하게 패지 않는 거야. 피어오를 독기조차 눌러 주는 거지. 아예 딴생각을 못 하게. 아니, 내 이름만 들어도 덜덜 떨도록. 아무리 강해도 눈먼 칼처럼 무서운 게 없는 거거든."

용민의 친절한 설명에 윤찬이 피식거렸다.

"그래서 준비했다. 이거나 받아라."

100리터짜리 검은 봉투였다.

"이건 뭐야?"

"여기다 담아서 가져가라고."

"오! 그런 방법이 있었구만. 역시 머리 좋은 녀석들은 달라."

용민은 윤찬에게 받아 든 봉지를 활짝 펴고 선물과 편지를 밀어서 한 번에 담아 넣었다.

그렇게 정리를 한 선물더미를 뒤쪽에 자리한 사물함 위에 올려놨다.

용민이 들고 움직이는 선물더미를 따라 학급에 자리하고 있던 아이들의 시선들이 같이 움직였다.

그사이 용민이 학교에 왔다는 소식이 퍼졌는지 학생들이 우글거리며 용민의 반 앞에 모여 있었다.

하지만 용민의 반 아이들은 누구도 큰 신경을 쓰지 않았다.

한두 번 있던 일이 아니었기 때문이다.

어차피 수업 시간이 되면 다 사라지니 말이다.

그때 교실 뒷문에서 지훈이 모습을 드러냈다.

언제나 깔끔한 지훈은 사람으로 이뤄진 두터운 벽을 뚫고 오느라 엉망이 되어 있었다.

그럼에도 지금 지훈의 표정은 함박웃음 그 자체였다.

"용민아! 윤찬아!"

"어, 반장 왔냐?"

윤찬의 대답에 고개를 끄덕인 지훈은 용민의 등을 탁 치며 말했다.

"용민아 학교에 왔구나! 대박이다, 대박."

"뭐가?"

"네 사진과 열쇠고리 브로마이드 같은 상품들이 모두 올 매진이다. 지금 주문이 밀려서 추가로 찍고 있을 정도라고. 재고도 탈탈 털었어. 없어서 못 팔고 있다니까?"

그 말에 용민과 윤찬이 혀를 차며 반응했다.

"헐."

"여하튼 시간 나면 통장 잔액 확인해라. 어제 이번 달 수익 모두 정산해서 넣어 놨으니까. 아마 이번 달 수익이 지금까지 네가 번 수익보다 클지도 모르겠다."

용민은 잠시 생각했다.

'지금까지 수익이 천만 원이 넘는데, 지금까지 번 수익보다 크다니.'

왠지 실감이 나질 않는 용민이었다.

그때 윤찬이 혼잣말처럼 한마디 흘렸다.

"나도 인기가 없는 편은 아닌데. 지훈아, 혹시 나도 안 될까? 응?"

괜한 질투심에 투덜거리는 윤찬이었다.

지훈이 천진하게 웃으며 말했다.

"당연하지."

"된다고?"

"안 된다고."

"잔인한 자식."

3

국내 굴지의 연예 기획사 GD엔터테인먼트.

늦은 저녁이었지만, 건물의 내부는 대낮보다 환하고 활

기찼다.

퇴근도 하지 못하고 연기자와 가수들의 스케줄을 조절하거나 출시될 상품의 컨셉을 잡고 있는 운영진들.

이번에 나올 앨범을 준비하고 있는 기성 가수들.

땀방울을 흘리며 연습에 연습을 거듭하는 연습생들.

누구 하나 노력하지 않는 사람이 없었다.

회장인 쌍칼도 그중 한 명이었다.

이사진들이 퇴근한 지금도 그녀는 아직도 남아서 회장실을 환히 밝히고 업무를 보는 중이었다.

쌍칼은 자신의 앞에 놓여 있는 자료들을 하나하나 검토하며 눈을 반짝이고 있었다.

그녀는 자신이 마음에 드는 중요한 정보만 뽑아 책상 위에 하나하나 올려놓았다.

그러곤 책상 위에 널브러진 수많은 사진 한 장을 집어 들었다.

그 사진 속에는 용민이 놀이공원에서 싸우고 있는 모습이 찍혀 있었다.

반대 손으로는 가장 앞에 놓여 있는 자료를 들었다.

지훈이 용민을 상대로 벌이고 있는 일과 그것에 관련된 성과가 하나도 빠짐없이 적혀 있었다.

지훈이가 보면 놀랄 정도로 상세하고 자세한 정보가 그 안에 있었던 것이다.

쌍칼은 흥분한 표정으로 혼잣말을 흘렸다.

"이것 봐. 역시 내 눈은 틀리지 않았어. 그때 보였던 그 빛은 착시가 아니었던 거야!"

쌍칼은 용민의 사진을 자신의 얼굴 맞은편에 대고 말을 걸 듯이 말문을 열었다.

"너는 최고의 스타가 될 자질을 이미 가지고 있다니까? 아마도 지금까지 내가 키운 그 누구보다 더 자라날 거야. 세계적인 스타 그 이상도 가능하다고 봐. 그 어떤 손해를 보더라도, 피해를 입더라도 널 기필코 잡고 말겠어! 내 손으로 키워 내고 말겠어!"

*　　*　　*

용민은 요즘에 들어서 자신의 뒤통수가 간지럽다고 생각하고 있었다.

많은 사람들이 자신의 뒤를 미행하고 있음을 알고 있었기 때문이다.

하지만 참았다.

자신에게 피해를 주는 것도 아니었기 때문이다.

'아닌가?'

따지고 보면 신경을 쓰게 하는 것 자체가 피해를 주고 있는 것이라 볼 수 있긴 하다.

마음 같아서는 잡아서 그냥 족치고 싶긴 했지만, 그럴 수 없는 특별한 이유가 따로 있었다.

저들이 누군지 대략 알고 있었기 때문이다.

정확한 정체는 모른다.

다만 윤찬과 관련이 있는 이들임은 확실했다.

바로 윤찬과 만날 때마다 항상 윤찬의 주위를 배회하던 이들의 기척과 동일했기 때문이다.

'그런데 왜 저자들이 내 주위를 맴돌지? 혹시 윤찬이 나를 보호하라고 시켰나?'

거기까지 생각한 용민이 피식 웃었다.

시답잖은 생각이다.

그럴 리가 없었으니 말이다.

저들이 흘리는 기척은 윤찬이 주위에서 느껴지던 그런 기척과 달랐다.

윤찬의 근처에서는 윤찬을 보호하는 듯한 느낌이었는데, 지금 이들이 보여 주는 움직임의 느낌은 무림의 살수들과 그 기질이 비슷했기 때문이다.

물론 암살을 시도하려는 것은 아니다.

위협적인 모습도 전혀 없다.

그랬다면 용민이 이대로 그냥 놔두고 있었을 리 없을 테니까.

"……."

일반적으로 살수들이 하는 일은 크게 두 가지로 나뉜다.

바로 사람을 죽이는 일과 관찰하는 일이다.

지금 이들의 모습은 후자에 가까웠다.

용민은 윤찬이 자신에 대해서 무엇을 궁금해하는지 알 수 있었다.

윤찬이나 지훈이라면 자신에 대한 의구심을 품을 만도 했기 때문이다.

자신이 눈앞에서 사라지는 모습을 몇 번이고 목격했던 녀석들이니 말이다.

아마 그것에 관련된 혹은 자신이 뭔가 일반적인 상식을 벗어난 행동이나 모습을 보이는 증거를 원하고 있을 확률이 높았다.

물론 나쁜 의도는 아닐 것이다.

그렇지만 생각을 하고 있지 않을 때는 몰랐는데, 한 번 의식을 한 후부터는 자꾸 의식이 되고 그것으로 인해 생각하면 생각할수록 기분이 찜찜하고 꿀꿀해졌다.

왠지 심술이 났다.

'아무리 그래도 그렇지 친구를 미행해? 그건 좀 아니잖아?'

그래서 용민은 결정을 내렸다.

그들이 앞으로 나오도록 만들기로 말이다.

그 방법은 단순했다.

의도적으로 그들에게 접근해 시비를 거는 것이다.

아닌 척했지만, 용민은 이미 그들의 위치를 모두 파악하고 있었다.

즉, 아무나 건드리면 되는 상황이었다.

아무리 윤찬이 시킨 일이라 할지라도 몇 안 되는 친구인 윤찬에게 화를 낼 수는 없는 노릇 아니겠는가.

나쁜 의도가 있는 것도 아닌데 말이다.

*　　　*　　　*

[어? 목표물이 이동 예상로를 벗어나기 시작했다.]

가장 목표물과 근접 거리에 있던 5조의 마틴에게 온 연락에 총지휘관 베르토스가 질문했다.

"목표물이 어느 방향으로 가는가?"

[지금 움직이는 방향으로 예컨대 3조가 있는 곳으로 갈 확률이 높, 아니. 뭐지?]

5조에 있는 마틴의 당혹스러운 목소리가 귀에 이어폰처럼 끼어 있는 무전기를 통해 들려왔다.

"무슨 일이냐? 보고하라."

베르토스의 질문에 마틴이 대답했다.

[그, 그게 그러니까. 내 쪽으로……. 컥!]

[마틴!]

조원들의 우왕좌왕하는 목소리가 들려오기 시작했다.

"뭐? 뭐냐! 지금 무슨 일이냐! 침착하게 설명해라!"

베르토스가 당혹감을 감추지 못한 표정으로 되물었다.

하지만 누구도 그의 명에 답하지 못하고 짧은 비명음만 터트릴 뿐이었다.

퍽!

[크억!]

빡!

[헉!]

곧 이어폰을 통해 들려온 모든 소음이 사라지고 순간 적막이 흘렀다.

이 모든 것은 잠깐이라는, 시간도 아까울 만큼 짧은 시간 안에 일어난 일이었다.

곧 정신을 차린 베르토스가 다급히 입을 열었다.

"5조! 5조! 젠장! 5조와 근처에 있는 3조와 6조가 서둘러 이동하여 상황을 보고하기 바란다!"

[롸져!]

[롸져!]

바로 그때였다.

자신의 팀원이 아닌 한 소년의 목소리가 고막을 파고 들어온 것은.

[아아, 이건가? 이게 마이큰가?]

찌잉!

"크으윽!"

순간 사방에 위치한 팀원들이 귀를 부여잡고 쓰러졌다.

엄청난 소음이 고막을 강타했기 때문이다.

고막이 찢어지는 줄 알았다.

귀에다 끼어도 수신하는 데 전혀 문제없는 고성능 무전기를 꺼내서 직접 입에 대고 말해서 생긴 일이었다.

하지만 베르토스는 인상을 구기면서도 이어폰을 빼지 않았다.

상대가 뭔가를 말하려고 하는 것을 알아차렸기 때문이다.

[들리냐? 아아, 들리겠지? 들린다고 생각하고 말한다. 거기, 지금 듣고 있는 녀석들. 지금 이 상황이 이해가 안 가는 것은 아니겠지?]

"……!"

[에효, 이해가 안 가는 모양이네. 허접한 새끼들.]

상대의 말에 베르토스가 질문했다.

"누구냐."

* * *

귀에 넣은 이어폰을 손으로 꾸욱 누르며 대화하고 있던 용민은 상대방의 어딘지 어색하지만 유창한 한국어에 감탄하며 대답해 주었다.

"누구냐고? 누구긴 누구야. 이 허접한 새끼들아. 나야, 나라고. 지금까지 너희가 미친 듯이 따라다니던 고딩 말이야. 지금 이것도 미행이라고 하는 거냐? 인마, 너희들 다 들켰어. 쪽팔린 줄 알아라."

[…….]

대답이 없다.

용민의 한쪽 입꼬리가 씨익 말려 올라간다.

"크크크. 뭐 어찌 되었든 이번은 봐준다. 하지만 앞으로 한 번만 더 따라다니면 그때는 정말 용서가 없을 테니 각오해라. 잡히면 다 죽는 수가 있으니까. 크크. 그럼 난 가마."

그 말을 끝으로 귀에서 이어폰을 빼낸 용민은 바닥에 던졌다.

주변에 널브러져 있는 다섯 명의 사내들을 내려다본 용민은 상큼한 표정을 지었다.

그들은 상황이 어떻게 흘러가는지도 모르고 기절해 있었다.

"아, 재밌다."

용민은 왠지 속이 다 후련했다.

숙변을 상쾌하게 처리한 기분이었다.

용민은 뒷일을 전혀 생각하지 않고 있었다.

지금 자신의 행동에 걱정이 전혀 없었던 것이다.

저들은 자신이 행한 일에 대해서 그 어떤 행동도 할 수 없을 것이다.

쪽팔릴 테니까.

"룽루룬!"

깡총 걸음으로 사라지는 용민의 뒷모습은 정말이지 즐거워 보였다.

멀리서 달려와 뒤늦게 용민이 사라지는 뒷모습을 지켜보는 베르토스의 얼굴이 잔뜩 일그러져 있었다.

으득.

5장

1

사천성 단파(丹巴)에 위치한 우문세가의 집무실 안에서 시름 가득한 신음이 흘러나왔다.

"후. 정말 답답한 노릇이군."

우문세가의 가주 우중천의 이마에는 굵은 주름이 잔뜩 자리를 잡고 있었다.

우문세가의 상권을 노리고 덤벼드는 단성문이라는 사파 녀석들 때문이었다.

하지만 우문세가는 단순한 수작이 아닌 직접적인 모욕까지 행하며 덤벼드는 그들을 어찌할 방법이 없었다.

그들의 등 뒤에 사무련이 자리하고 있었기 때문이다.

지금까지 조용히 자리보전하던 사무련이 세력 확장을 위해 자신들이 뒤를 봐주던 녀석들을 흡수하고 주변 세력권 장악에까지 나선 것이다.

과거에는 우문세가의 사람만 지나가도 알아서 고개를 숙이던 녀석들이 그토록 기고만장한 데에는 이유가 있었던 것이다.

마치 전쟁을 하자고 도발하는 분위기인데 피하기도 뭐하고 받아들이기도 뭐했던 것이다.

적에게 괜한 명분만 만들어 줄 수도 있었기 때문이다.

그때 문이 열리며 한 소녀가 들어왔다.

우중천의 손녀 우소연였다.

"할아버님."

"소연이구나. 무슨 일이냐."

"할아버님께서 너무 걱정돼서 찾아왔어요."

그 말에 우중천이 흐릿하게 미소 지으며 말했다.

"내가 너희에게 너무 몹쓸 짓을 하는 것 같구나."

"아니에요. 누구도 그렇게 생각하고 있지 않아요. 할아버님께서 저희를 위해 얼마나 수고하시는지 잘 알고 있어요. 저희는 언제나 할아버님 편이에요."

"그렇게 말해 주니 고맙구나."

자신의 할아버지인 우중천을 향해 방긋 웃어 주는 소연의 미소는 정말이지 빛이 나는 것처럼 보일 정도로 아름다웠다.

"할아버님, 조금 쉬실 겸 저와 바둑 한 판 어떠세요?"

소연의 말에 우중천이 고개를 끄덕였다.

"바둑이라……. 듣던 중 반가운 소리구나."

우중천에겐 자신의 손녀 우소연과 두는 대국이 그의 소소한 즐거움 중 하나였다.

자신의 사랑스러운 손녀이기 때문이기도 했지만, 그것은 그의 즐거움에 큰 이유가 될 수 없었다.

우소연은 가르치는 맛이 나는 재능이 있는 아이였다.

바둑판 위는 이미 전쟁터였다. 검은 돌과 흰 돌이 어울리며 차가운 접전을 벌인다. 검은 돌 하나가 흰 돌들이 굳건히 수비하고 있는 장벽을 파고들었다.

탁!

검은 돌이 바둑판에 떨어지는 소리는 그리 크지 않았다.

하지만 그 소리에 마주앉은 우중천의 얼굴이 놀라움으로 가득찼다.

"호오. 그런 수를 발견하다니. 네 실력이 일취월장하였구나."

"후훗. 모두 할아버님 덕이지요."

"아니다. 아무리 가르쳐도 못하는 놈도 있지 않느냐."

우소연의 아버지이며 우중천 자신의 아들인 우성현을

말하는 것이었다.

우소연은 우중천의 말에 웃음을 짓지 않을 수 없었다.

두 사람의 수는 시간이 지날수록 바둑판 위를 채워 나갔고, 곧 우소연이 패배를 시인했다.

우소연이 말했다.

"역시 할아버님은 이기지 못하겠어요."

"허허. 나를 이길 생각은 하고 있었던 모양이구나."

"질 생각으로 하는 승부도 있던가요?"

우소연의 말이 뜻밖이었는지 우중천은 잠시 눈을 크게 뜨고 짧은 고민하는 듯하더니 곧 긍정의 고갯짓을 보였다.

"맞다. 지려고 싸우는 법은 없지."

"……."

"네가 이 할애비를 가르쳐 주는구나. 고맙다."

우중천의 말에 우소연이 미소 지었다.

지금까지 뭔가 마음의 갈피를 잡지 못하고 흔들리던 자신의 할아버지 우중천의 심기가 바로 서는 듯한 느낌을 받았기 때문이었다.

* * *

소운은 용민이 며칠이나 보이지 않았음에도 그러려니 했다.

마음 한구석에서는 자신을 버리고 혼자 떠난 것은 아닐까 싶은 마음이 없지 않아 있었지만, 소운은 믿었다.

아니 믿을 수밖에 없었다.

지금 소운이 용민을 아니, 자신을 위해 할 수 있는 가장 큰 일이었기 때문이다.

소운은 다시 와서 자신을 봐 줄 용민을 위해 미친 듯이 수련을 거듭했다.

그때였다.

"소운아."

어디선가 들리는 목소리에 소운의 얼굴이 환하게 밝아졌다.

"형님!"

목소리를 쫓아 시선을 돌렸더니 수련을 하던 공터 입구에 용민이 서 있는 것을 발견할 수 있었다.

용민이 훈훈한 시선으로 소운을 바라보며 말을 걸었다.

"녀석, 놀지는 않은 모양이구나. 자세가 조금 더 자리를 잡은 것을 보니까 말이다."

"헤헤. 물론이죠."

소운은 하고 싶은 말도, 묻고 싶은 말도 많았지만 꾹 참았다.

용민은 그런 소운이 기특하게만 느껴졌다.

"아침은 먹었느냐?"

"아직이요."

"오랜만에 함께 식사를 하자."

용민의 말에 소운이 고개를 끄덕이며 객잔 안으로 들어갔다.

객잔 안의 자리에 앉아 음식을 시킨 용민과 소운은 잠시 서로의 안부를 물었다.

"그동안 별일은 없었느냐?"

"네. 별일 없었어요. 굳이 일이 있었다고 한다면 그사이 비가 많이 왔었어요."

"비?"

"네. 뚝방이 넘칠 정도로 폭우가 왔었죠. 그래도 그 이상 일이 커지진 않았어요. 만일 조금만 더 비가 왔다면 논과 밭이 모두 잠겼을 거라고 주변 사람들이 한숨을 내쉬더라구요."

"그나마 다행이구나. 어쩐지 오는 길에 사람들이 부산하다 싶더니만."

"강하고 뚝방 쪽의 보수를 하기 위해 움직이는 사람들을 보셨나 보네요."

용민이 고개를 끄덕이며 대답했다.

"그런 것 같다."

"그런데 형님은 어디를 다녀오시나요?"

용민은 소운의 별것 아닌 질문에 괜히 뜨끔했다.

딱히 뭐라고 대답을 해야 할지 애매했던 탓이다.

짧은 고민 끝에 빙 둘러서 대답했다.

“잠시 일을 보고 왔다.”

“아, 그렇군요.”

소운은 용민의 대답에 별다른 사족을 더 달지 않았다.

마침 시킨 음식이 나온 탓도 있지만, 용민이 대답하지 않은 것을 굳이 질문할 이유가 없다고 생각했기 때문이다.

지금 소운은 용민의 말이라면 죽으로 집을 짓는다고 해도 믿을 정도였던 것이다.

식사를 마친 소운과 용민은 방 안으로 들어갔다.

방 안에 들어가 다과상 앞에 앉은 용민이 차를 한 잔 마시며 소운에게 말했다.

“이제 슬슬 떠날 채비를 하자.”

소운은 군소리 없이 고개를 끄덕였다.

“네.”

소운의 그런 모습에 용민이 쓴웃음을 지었다.

“우리가 어디를 갈지 궁금하지도 않나?”

“궁금해야 하는 건가요?”

소운의 되물음에 용민이 딱히 할 대답을 찾지 못하고 허허롭게 웃었다.

뭐, 이런 놈이 다 있나 싶었던 것이다.

이건 완전히 어미 새를 의문 없이 쫓아다니는 병아리의

모습과 같지 않는가.

"딱히 궁금해할 필요는 없지만, 그래도 어디를 가야 하는지 알아야 네 나름대로의 계획도 짤 수 있지 않겠냐."

용민의 말에 곧바로 수긍하는 소운이었다.

"듣고 보니 그렇군요. 우리는 어디로 가나요?"

아무리 대충 들어도 그것은 영혼 없는 질문이었다.

아주 대놓고 '형만 있으면 돼요. 목적지 따위는 중요하지 않아요' 라고 말하는 것 같은 소운이었다.

용민은 지금으로서는 도저히 어쩔 수 없는 상황임을 인지했다.

결국 그냥 넘어가기로 마음먹었다.

"운남성으로 갈 거다."

그 말에 소운이 눈을 끄게 뜨고 의아함을 드러냈다.

"어? 거긴."

"무슨 할 말이 있느냐?"

"아니, 별건 아니구요. 운남성에 있는 점창파에 큰 문제가 생겼다는 이야기를 객잔에서 들었던 것 같거든요."

소운의 대답에 용민이 웃으며 고개를 끄덕였다.

"귀도 밝구나."

"헤헤."

"맞다. 지금 그거 구경하러 가려 한다."

"어? 위험하지 않겠어요?"

"세상에서 가장 재밌는 게 싸움구경이고 불구경이라고 했다. 싸운다는데 구경을 가 줘야 예의지."

소운은 예의라는 단어를 이런 곳에 사용하는 건지 약간 의구심이 들었지만 깊이 생각하진 않았다.

"고래 싸움에 새우 등 터진다구요."

"새우 싸움에 고래 등은 안 터지지."

누가 들었다면 오만하다고 할 만한 용민의 말에 소운이 헤쭉 웃으며 대답했다.

"하긴요."

소운에게 용민은 고래보다 더 큰 존재였다.

때문에 용민의 말이 소운에게는 전혀 오만하게 들리지 않았다.

소운이 말했다.

"언제 출발하죠?"

"내일 아침에 출발하자."

"알겠어요."

*   *   *

용민과 소운은 떠날 채비를 마치고 밖으로 나섰다.

새벽 공기가 시원하니 기분이 좋았다.

소운은 오랜만에 용민과 함께 있기 때문인지 연신 싱글

벙글 웃음을 지우지 못하고 있었다.

"녀석, 그렇게 좋으냐?"

용민의 질문에 소운이 헤헤거리며 웃음을 흘렸다.

"그냥 신이 나네요."

"네가 이렇게까지 싸움구경을 좋아할 줄은 몰랐다만, 뭐, 좋은 게 좋은 거지."

용민은 뭔가 큰 오해를 하고 있는 듯했다.

소운은 오해를 정정하려고 말을 꺼내고자 했지만, 벌써 앞서 나가고 있는 용민을 쫓는 것만으로도 벅차 입술까지 올라왔던 말을 다시 목 뒤로 삼켰다.

"형님, 같이 가요!"

2

호남에서 출발한 용민과 소운은 약 보름 만에 운남성(雲南省)에 위치한 남화(南華)에 도착할 수 있었다.

운남성은 중국 서남 지역의 운귀고원(雲貴高原)에 위치하고 있다.

동쪽으로는 광서성(廣西省)과 귀주성(貴州省)과 접해 있고, 북쪽으로는 사천성(四川省), 서북쪽으로는 서장(西藏)이 붙어 있는 중국서남 내륙지역의 성으로, 성도는 곤명(昆明)이다.

높은 산 깊은 계곡 등의 복잡한 지형으로 각양각색의 다양 기후를 보이고, 운남성의 수도인 곤명은 춘성으로 불릴 만큼 사계절 기후변화가 크지 않아 겨울철의 휴양지로 유명하다.

이곳 운남에는 구파일방에 속해 있는 명문도가인 점창파가 자리하고 있는데, 점창파가 속해 있는 점창산(點蒼山)은 운남성(雲南省) 대리시(大理市: 과거 대리국이 있던 자리) 인근에 있다.

점창파는 사일검법(射日劍法)이라는 검법을 사용하며 규율이 엄격하기로 손에 꼽힌다.

남화에 도착한 용민과 소운은 한 객잔에 봇짐을 풀었다.

그동안 쉬지 않고 걸어온 다리에게 충분한 휴식을 줄 생각으로 이곳 남화에서 가장 유명하고 고급스럽다고 알려진 객잔에 자리잡았다.

어차피 돈도 남아도는 것 남겨서 뭘 하냐는 이유로 펑펑 쓰는 용민이었다.

얼마 전엔 의도치 않게 거금 1만 냥이라는 대륙전장의 전표도 얻었고 말이다.

보름 동안 소운에게 월강검법을 가르치며 왔는데, 잠시 자리를 잡고 정확하게 짚어 줄 필요성도 있었다.

무공이라는 것은 처음부터 길을 잘 잡아 줘야지, 어설

프게 가르치다 한 번 어긋나면 답 없이 위치를 벗어나 버리는 탓이다.

숙소에서 몸을 씻고 옷을 갈아입은 후 객잔에 나온 용민이 혼자 중얼거리며 말했다.

"그건 그렇고, 꽤나 어수선하군."

용민의 혼잣말을 소운이 받아서 대답했다.

"점창파 근처의 마을이라 그런 것 같아요. 무림인들도 눈에 많이 띄고요."

용민이 고개를 끄덕이며 수긍했다.

지금 자신들이 있는 이곳 남화라는 이름의 큰 마을은 점창파가 자리한 점창산 초입에 자리하고 있었다.

소운이 말을 이었다.

"그런데 점창파의 사람들은 보이지 않네요."

이 정도 위치라면 점창파의 구역이기에 평소 점창파 무인들이 거들먹거리며 걸어 다니는 모습을 볼 수 있을 장소였다.

하지만 어째선지 소운의 말마따나 점창파 무인들을 볼 수 없었다.

그 말인즉.

지금 점창파의 현 상황이 얼마나 안 좋게 흘러가고 있는지 단편적으로 말해 주고 있는 것과 같았다.

용민의 두 눈이 반짝였다.

"생각보다 더 재미있겠는데?"

*　　　*　　　*

이틀 후.

점창산 새벽안개가 여명을 타고 바싹 마른 풀잎 끝에 이슬을 머금긴다.

그 이슬은 산에서 만들어진 싸늘한 냉기에 의해 차디찬 서리로 변하고 만다.

점창산 기슭.

운남성이 자랑하는 점창파의 전각들이 은은한 위엄을 흘리며 어둠 속에서 모습을 드러내고 있었다.

그 점창파가 멀리 보이는 언덕에 안개 속을 유영하는 유령과도 같은 이들이 자리하고 있었다.

셀 수조차 없을 정도로 많은 수였다.

그들 중심에 세 명의 사내와 한 노인이 자리하고 있었다.

노인이 근엄한 시선으로 점창파를 올려 보며 질문했다.

"저곳인가?"

"예, 그렇습니다."

"아이들이 피곤하겠구나. 어서 일을 마무리하고 휴식을 취하자꾸나."

"충!"

그렇게 정체를 알 수 없는 노인의 공격 명령이 떨어졌고, 유령 같은 이들이 안개를 타고 점창파를 향해 달려가기 시작했다.

* * *

"으아악!"

"저, 적들이다! 적들이 침입했다!"

점창파 내부에서 거대한 소란이 일었다.

갑작스럽게 침투한 정체불명의 적들 때문이었다.

뒤늦게 경고 종이 깨질 듯 울린다.

땡! 땡! 땡!

종이 울리기 무섭게 사방에서 점창파의 무인들이 모습을 드러냈다.

명문 문파답게 빠르게 대처하고 대응할 수 있었지만, 상대는 그 대응을 무색하게 할 정도로 강했다.

누군가 침음성을 삼키며 의문을 제시했다.

"패룡문인가!"

그 의문에 곧 고개를 가로저었다.

패룡문 따위가 이렇게 강할 수 없었기 때문이다.

이건 마치 철벽을 상대하는 기분이었다.

사방에서 비명이 울리고 사람들이 죽어 나가며 피분수를 뿜어 댔다.

하지만 그것도 잠시.

점창파의 핵심 고수들이 모습을 드러내자 밀물처럼 밀려들던 정체불명의 세력들도 주춤하며 멈춰 서지 않을 수 없게 되었다.

그때 한 중년인이 모습을 드러내며 일갈했다.

“이게 무슨 소란이냐!”

순간 점창파의 무인들이 그 중년인을 향해 소리쳤다.

“문주님을 뵙습니다!”

“문주님을 뵙습니다!”

그 쩌렁쩌렁한 목소리와 그 중년인의 존재감에 정체불명의 세력의 움직임이 굳은 듯 멈췄다.

점창파의 문주.

점창일검 문래원.

그의 검은 점창파의 시작과 끝이라고 해도 과언이 아니었다.

그의 존재감은 보는 모든 이들을 압도하는 뭔가를 지니고 있었다.

적들의 강력하고 갑작스러운 암수에 놀라 기세가 죽어 가던 점창파 무인들은 문주의 등장만으로도 용기가 치솟는 듯한 모습을 보여 주고 있었다.

그만큼 그를 믿고 있는 것이었다.

점창일검 문래원이 분노의 눈빛을 뿌리며 무겁게 말문을 열었다.

"너희는 누구냐."

"……."

"설마 패룡문이냐? 패룡문 따위가 이런 짓을 벌였단 말이냐!"

엄청난 살기가 폭풍처럼 휘몰아쳤다.

바로 그때였다.

점창일검 문래원의 눈이 동그랗게 떠졌다.

갑작스럽게 자신의 고막을 치고 들어오는 늙고 편한 목소리 때문이었다.

"애들과 이야기해서 뭐하나."

"누구냐!"

"그대는 나와 이야기를 해야 하지 않겠나."

그 말과 동시에 정체불명의 적들이 좌우로 갈라졌고, 그 사이로 한 노인이 편안한 발걸음으로 모습을 드러냈다.

그 노인을 보기가 무섭게 점창일검 문래원이 경악성을 터트렸다.

"설마, 당신은!"

점창일검 문래원은 믿을 수 없는 것을 봤다는 듯한 표정을 지었다.

눈동자가 가볍게 흔들리는 것을 봐서는 적지 않은 충격을 받은 듯한 모습이었다.

점창파 문인들은 문주의 모습에 의아함을 드러내지 않을 수 없었다.

하지만 그 노인을 알아본 이는 문주인 점창일검 문래원뿐만이 아니었다.

장로직에 자리하거나 어느 정도 위치에 자리한 이들도 그 노인의 정체를 알아차렸으니 말이다.

노인은 자신을 알아보는 점창일검 문래원을 보며 가벼운 웃음을 흘렸다.

"본좌를 아직도 기억하는 모양이군."

"어찌 그 얼굴을 잊을 수 있겠소. 철혈혈보 소율모."

순간 주변이 술렁이기 시작했다.

모두 믿을 수 없는 이름을 들었기 때문이다.

저 노인의 정체가 철혈혈보 소율모라는 뜻은 엄청나게 많은 것을 내포하고 있었기 때문이다.

철혈혈보 소율모.

사파연합 사무련에 십이존자라 불리는 이들이 있다.

열두 명의 절대 고수를 지칭하는 말인데, 소율모는 그들 중에서도 수위권에 속하는 인물로 잔혹한 손속으로 악명이 높았다.

고희(古稀)가 지났음에도 그는 늙어 꾸부정한 모습을

보이기는커녕 더욱 중후한 외모와 건장한 체구를 유지하고 있었다.

그건 그렇고, 이자가 여기에 있는 이유가 무엇이란 말인가.

분명 점창파와 문제가 있는 곳은 인근에 있는 패룡문이었기 때문이다.

패룡문과 사무련에 어떤 연관성이라도 있단 말인가?

그렇다고 하더라도 사무련이 직접 움직이는 것은 너무 과했다.

이 말은 정사대전이 발발하는 것이 두렵지 않다고 하는 것과 다를 바 없었기 때문이다.

이로써 또 하나의 전쟁의 서막이 오를 수도 있는 것이었다.

"당신이 여기에 왜 와 있단 말이오!"

"본좌야, 모르지. 위에서 가라고 했으니 가는 수밖에."

그 말에 점창일검 문래원의 표정이 굳어졌다.

"지금 사무련은 정사대전을 일으킬 생각이오?"

"후후. 사무련? 네가 사무련에 대해 얼마나 알고 있는지는 모르겠지만 한 가지 이야기해 주지. 네가 알고 있는 모든 지식을 버려라. 사무련은 껍데기에 지나지 않는다. 뭐, 따지고 보면 사무련뿐만은 아니겠지만."

점창일검 문래원이 되물었다.

"그게 무슨 뜻이오?"

"글쎄다. 네가 직접 알아보려무나. 그럴 시간이 된다면 말이지."

"그럴 시간이 된다면?"

"오늘 너희의 명운은 이곳에서 마감이 될 것이기 때문이다."

철혈혈보 소율모의 그 말이 끝나기 무섭게 핏빛 혈광이 사방에서 터져 나오기 시작했다.

번쩍!

서걱!

"으아악!"

"끄아악!"

3

"죽어라!"

"사, 살려 줘! 으악!"

"내, 내 파, 파아아알! 내 팔!"

사방에서 들려오는 비명 소리에 가슴에서 불에 덴 것 같은 통증을 느낀 점창일검 문래원이 소리쳤다.

"이놈들!"

점창일검 문래원이 바닥을 박차고 제자들의 피해가 큰

곳으로 몸을 날리려던 찰나, 철혈혈보 소율모의 검이 그를 향해 그어졌다.

"다른 곳에 정신을 돌릴 틈이 없을 텐데?"

"치잇!"

채앵!

점창일검 문래원은 가까스로 철혈혈보 소율모의 검을 막아 내긴 했지만 일순 가슴이 철렁 가라앉는 기분을 느끼지 않을 수 없었다.

'괴물. 어찌 이런…….'

자신의 기운을 누르고 밀려든 경력에 손끝이 아려 왔다.

점창일검 문래원이 이를 아득 갈았다.

자신의 검 또한 결코 어디서 무시를 당할 수준이 아니다.

아니, 자신의 검이 점창의 검이고 점창의 검이야말로 최강의 검이다.

"오늘 너희들의 결정을 후회하게 해 주마!"

점창일검 문래원은 일갈을 터트리며 자신의 검을 벼락처럼 내질렀다.

쐐애애액!

가공할 검기가 철혈혈보 소율모의 전신을 향해 날아 들어갔다.

철혈혈보 소율모는 그 검기를 보며 피식 웃었다.

'웃어?'

점창일검 문래원의 속에서 천불이 들끓었다.

자신의 검을 무시당한 기분이 들었기 때문이다.

바로 그때 철혈혈보 소율모의 검이 아래서 허공으로 치솟아 올랐다.

번쩍!

말도 안 되게 단순한 그 올려치기에서 강렬한 기운 터져 나왔다.

그 기운은 점창일검 문래원의 검을 가볍게 밀어냈다.

동시에 점창일검 문래원은 자신의 전신이 발기발기 찢어지는 고통을 맛볼 수 있게 되었다.

"크흐읏!"

점창일검 문래원의 몸이 시위를 벗어난 화살처럼 뒤로 쭉 날아갔다.

그때 철혈혈보 소율모의 눈가에 이채가 어렸다.

"호오. 이 검을 막았어?"

철혈혈보 소율모의 머릿속에서는 점창일검 문래원의 몸이 양 갈래로 잘려 나가는 것이 그려지고 있었기에 그가 멀쩡하게 튕겨 날아가는 모습에 놀라지 않을 수 없었던 것이다.

오만하기 그지 없는 말이었고 생각이었다.

하지만 그는 오만해도 되었다.

그럴 만한 실력을 가지고 있었기 때문이다.

"허억! 허억!"

피칠갑이 된 점창일검 문래원이 두 눈을 번뜩이며 철혈혈보 소율모를 노려보았다.

그때 점창파의 장로에 속한 절정고수 둘이 기회를 보고 있다가 철혈혈보 소율모를 향해 기습공격을 시도하려 했다.

순간 철혈혈보 소율모의 입꼬리가 올라갔다.

그것을 목격한 점창일검 문래원이 다급하게 소리쳤다.

"안 돼!"

"에?"

하지만 이미 늦은 후였다.

분명 그 목소리를 듣고 의아한 목소리를 흘렸는데, 입을 열기가 무섭게 둘의 몸이 정수리에서 사타구니까지 매끄럽게 잘려서 미끄러져 내려가고 있었던 것이다.

스르르.

쩌어어억!

둘은 몸이 좌우로 갈라지며 김이 모락모락 피어나는 피와 내장을 사방에 쏟으며 그렇게 숨을 거두고 말았다.

무림에서 감히 손을 섞을 이가 얼마 없을 것이라는 절정고수 둘이 그토록 어이없이 죽음을 맞이한 것이다.

점창일검 문래원은 안타까움도 잠시.

마음을 고쳐 잡고 철혈혈보 소율모를 뚫어져라 노려보았다.

말도 안 되는 고수였다.

자신의 머리 위에 자리하는 초절정 고수.

이젠 인정해야 했다.

인정하지 않을 수가 없었다.

그가 보여 준 일격에서 자신이 올려다보고 있던 경지가 얼핏 모습을 드러냈기 때문이었다.

'엄청난 검술!'

철혈혈보 소율모가 말을 걸어왔다.

"언제까지 이 늙은이를 그리 올려 보게 할 텐가? 이제 거의 끝이 보이는 것 같은데, 어서 마무리를 하는 게 어떻겠나."

귀찮게 버티지 말고 어서 죽으라는 말이었다.

철혈혈보 소율모의 말마따나 이미 장내는 서서히 끝을 향해 달려가고 있었다.

슬프게도 점창파가 패하는 쪽으로 말이다.

서 있는 이들 중 누구 하나 멀쩡한 이가 없었고, 쓰러져 있는 이들 중 살아 있는 이는 아무도 없었다.

천 년을 일어서 온 점창파의 맥이 끊어지는 순간이었다.

점창일검 문래원의 눈가가 젖어 들기 시작했다.

하지만 지금은 우는 것도 사치였다.

"그래, 마무리를 해야겠지. 내가 죽는 한이 있어도 말이다. 물론, 그전에 네 목을 먼저 떠난 제자들의 영전에 바친 후에 말이다! 하아앗!"

점창일검 문래원은 서서히 자신의 공력을 끌어 올리기 시작했다.

얼마나 강력한 기운인지 주변의 공기에 미세한 진동이 일어났다.

철혈혈보 소율모의 얼굴에서 미소가 걷어질 정도였다.

점창일검 문래원은 전신 가득히 들어 차오르는 강력한 기운에 마음이 편안해졌다.

기분 좋은 긴장감과 흥분으로 자신도 모르게 미소가 지어진다.

점창파의 제자들의 죽음도 지금 점창일검 문래원의 머릿속에서 흐릿하게 지워진 상태였다.

번뜩!

충혈된 그의 눈동자.

살의로 번들거린다.

"죽여 주마. 크흐흣!"

철혈혈보 소율모의 얼굴이 찡그러졌다.

"쯧. 무리하게 공력을 끌어 올리더니 사기가 뇌에 미쳤

군. 거대 문파의 문주라는 놈이…….”
“시끄럽다! 죽어라!”
츠츠츠츠츠츳!
점창일검 문래원의 전신에서 아지랑이가 피어올랐다.
그냥 아지랑이가 아니었다.
그것은 하나하나가 살아 있는 검과 같은 것이었다.
점창일검 문래원이 바닥을 박찼다.
동시에 점창일검 문래원의 몸이 화살촉과 같이 날카롭게 허공을 갈랐다.
엄청난 검기가 사방에 폭사하기 시작했다.
츄츄츄츄츄!
“흡!”
상식을 벗어난 공격에 철혈혈보 소율모가 검을 사방에 찔러 넣었다.
파파파파팟!
철혈혈보 소율모의 검이 점창일검 문래원의 아지랑이 같은 검기와 충돌했다.
쾅! 쾅! 쾅! 쾅! 쾅!
콰광!
폭탄이 터지는 소음이 점창산을 쩌렁쩌렁 울렸다.
그것은 시작에 불과했다.
말도 안 되는 강기들의 충돌이 쉼 없이 일어나며 그 충돌로 인한 강기의 회오리가 사방에서 휘몰아쳤고, 그 회오리의 파괴력에 근처의 전각들이 무너져 내릴 정도였다.

천외천의 무위가 바로 저러할까.

살아남은 점창파의 고수들도, 그들을 쫓던 적들도 하나같이 멍한 모습으로 둘의 접전을 지켜보았다.

점창일검 문래원의 끈질기게 들러붙는 모습에 철혈혈보 소율모도 짜증이 나기 시작한 모양이었다.

"크크크크!"

"이런 자아도 상실한 허수아비 같은 녀석에게 휘둘리다니!"

순간 철혈혈보 소율모의 옷이 부풀어 올랐다.

고오오오오오!

철혈혈보 소율모가 느릿하게 검을 치켜들더니 이윽고 느릿한 움직임으로 내질렀다.

"크크크크큭!"

"그만 꺼져라!"

그런데 이게 어떻게 된 일일까?

시간이 멈춘 것일까?

그가 휘두르는 검처럼 주위의 모든 것이 느리게 움직이기 시작한 것이다.

바람과도 같이 움직이던 점창일검 문래원의 움직임 또한 마찬가지였다.

이미 이지를 상실한 점창일검 문래원의 얼굴에 당혹감이 어렸다.

자신의 몸이 생각처럼 움직이지 못한다는 이유에서다.

그와 동시에 철혈혈보 소율모의 검이 점창일검 문래원의 정수리에 닿았고, 그 검이 점창일검 문래원의 머리를 가르고 들어가는 것을 너무나도 느린 속도로 볼 수 있게 되었다.

그것도 잠시.

쩌어어억!

"……!"

철혈혈보 소율모가 내려친 그 검은 순식간에 빛줄기가 되어 내리그어졌고, 점창일검 문래원의 몸은 조금 전 몸이 반으로 잘려 죽은 점창파의 장로들과 같이 정수리에서 사타구니까지 좌우로 나뉘어 갈라져 죽었다.

점창일검 문래원은 비명도 지르지 못하고 숨을 거둔 것이다.

철혈혈보 소율모는 굳은 표정으로 자신의 검과 반으로 갈라져 죽은 점창일검 문래원을 내려 보았다.

그의 얼굴에는 지친 기색이 만연했다.

이 기술은 자신에게도 조금 무리였던 탓이다.

허공검이라 스스로 명명한 이 검술은 내력 소모가 극심하기 때문이다.

"후우……."

그렇다고 이대로 시간을 끌 수도 없었다.

계획대로 일을 진행하기 위해서는 시간을 지키는 것이 필수인 탓이다.

무리해서라도 빨리 정리를 할 필요가 있었다.

철혈혈보 소율모는 혼잣말을 흘렸다.

"설마 명문 정파의 수장이라는 녀석이 사기를 끌어다가 폭주를 택할 줄이야. 정말 나를 죽이고 싶었던 모양이군."

그때 수하들이 하나둘 다가오기 시작했다.

상황이 모두 정리가 되었다는 뜻이다.

"모두 수고했다."

철혈혈보 소율모의 말에 모두 고개를 숙였다.

그때 한 사내가 앞으로 나서며 말했다.

"고생하셨습니다, 스승님."

"이동하자."

그러자 사내가 걱정 어린 어투로 말을 걸었다.

"스승님, 안색이 좋지 않으십니다. 조금 쉬시는 것이 어떠시겠습니까?"

사내의 질문에 철혈혈보 소율모의 얼굴이 대노로 물들었다.

"놈! 네가 감히 나를 능멸하려는 게냐!"

"제가 어찌……."

"시끄럽다! 이 쓸모없는 몸뚱이가 어떻게 되는지는 중요하지 않다! 어찌 나로 인해 상인의 뜻을 늦춘단 말이냐!"

"……."

"……가자."

"충!"

철혈혈보 소율모의 뒤를 따라 죽음의 기운을 흘리는 유령들이 허공으로 날아올랐다.

또 다른 죽음을 찾아서.

6장

飲影徒隨我身暫伴月將影行樂須及春我歌月徘徊我舞
酒酒星不在天地若不愛酒地應無酒泉天地既愛酒愛
道一斗合自然但得酒中趣勿醒者傳三月咸陽城千花晝
萬事固難審醉後失天地兀然就孤枕不知有吾身此樂
酒酣心自開辭粟臥首陽屢空飢顔回當代不樂飲虛名

1

아직 동이 트기도 전인 시각이다.

점창파의 내부에는 평소와 같이 청아한 향이 아닌 피비린내가 가득히 진동했다.

새벽안개에 원한이 어리기라도 한 것처럼 피를 머금고 붉은 빛을 사방에 뿌렸다.

그 핏빛 안개 속에서 한 인영이 모습을 드러냈다.

그는 느긋한 발걸음으로 다가와 지옥도와 다를 바 없는 주위를 돌아보며 태연하게 혀를 찼다.

"이거이거, 재밌는 부분은 다 지나간 모양이네. 너무 늦장을 부렸나?"

하지만 그가 내뱉은 가벼운 말과 달리 눈빛이 조금 굳어 있었다.

분노라고나 할까?

모르는 이들의 죽음에 이들을 전혀 알지 못하는 자로서 분노란 어울리지 않은 것일지도 모른다.

그러나 이토록 처참한 풍경이라니.

설령 이들이 아무리 큰 죄를 지은 죄인이라고 해도 이건 아니었다.

이곳에 나타난 뜻밖의 사내는 놀랍게도 용민이었다.

근처의 마을에 도착해서 자리하던 그는 점창산에서 느껴지는 진득한 살기에 잠에서 깨고 소운을 놔둔 채 혼자 이곳으로 달려왔던 것이다.

하지만 이미 상황은 종결되어 있었다.

점창파의 무인들이 떼죽음을 당한 채로 말이다.

한발 늦었던 것이다.

용민의 매서운 눈빛은 주변을 꼼꼼하게 살피며 전에 있었을 상황을 머릿속에 그려 가고 있었다.

바로 그때였다.

어디선가 검을 든 검은 복장의 유령 같은 사내들이 검을 휘두르며 모습을 드러냈다.

무방비에 가까웠던 용민이 씨익 입꼬리를 올리며 말했다.

"이거 재미있는 부분이 조금 남아 있었군."

용민의 양팔이 좌우 허공으로 쭉 뻗어졌다.

그러자 놀랍게도 그의 양 손아귀에 두 명의 사내가 축 늘어진 채 붙잡혀 있는 것을 볼 수 있게 되었다.

늘어진 두 사내는 들고 있던 검을 떨궜다.

소리 소문 없이 기절까지 한 것이다.

용민은 기절해 있는 그들의 복면을 벗겨 얼굴을 마주하며 나직하게 혼잣말을 흘렸다.

"자, 그럼 너희가 누군지 들어 보자."

*　　　*　　　*

"어? 어디 다녀오세요?"

아침 수련에 한창이던 소운이 문을 열고 들어오는 용민을 보며 질문한 것이다.

용민이 어깨를 으쓱거리며 대답했다.

"아침 산책 좀 하고 왔다."

"저도 깨우시지 그러셨어요. 함께 가면 좋았을 텐데."

"아서라."

"칫!"

왠지 삐친 듯한 소운의 모습에 용민이 웃으며 말했다.

"무엇보다 푹 자는 것도 수련 중 하나다. 나 혼자 생각할 일이 있어서 다녀온 산책인데, 그럴 때마다 너를 데리고 다녀야겠느냐?"

용민의 말에 소운이 잠시 고민하더니 고개를 끄덕였다.

"하긴 그렇네요. 헤헤."

"그건 그렇고, 오늘 너에게 가르쳐 줄 것이 있다."

"가르쳐 줄 것이요?"

"조금 더 후에 가르쳐야 할 것이라고 생각했는데……."

거기까지 이야기를 들은 소운의 표정이 묘하게 변했다.

약간 불안감이 어렸다고 해야 할까?

소운이 조심스럽게 말했다.

"그럼 나중에 가르쳐 주세요."

"아니다. 지금이 적기인 것 같구나."

"무슨 일이 생겼나요?"

소운의 말에 용민의 가슴이 찔렸다.

"무슨 일은. 그냥 지금 가르치고 싶을 뿐이라니까."

"……."

용민의 변명과도 같은 말에 소운은 확신을 가졌다.

지금 용민의 심경에 어떤 변화가 생겼다는 사실을 말이다.

그 심경의 변화가 결코 자신에게 달가운 일이 아니라는 사실 또한 말이다.

소운이 굳게 입을 다물었다.

용민은 그런 소운을 안타까운 시선으로 바라보았다.

사실 어제까지만 해도 소운과 함께 무림을 유랑하며 천천히 그의 검술을 봐 줄 생각을 하고 있었다.

여기 점창산까지 온 이유도 다름 아닌 소운의 실력을 늘려 줄 계기가 될 것이라고 판단했기 때문이었다.

단계별로 그가 받아들일 수 있을 만큼 가르치며 혼자 살 수 있는 힘과 길을 지시해 주고 싶었던 것이다.

하지만 조금 전 점창파에서 있던 일로 용민의 생각이 송두리째 뒤바뀌게 되었다.

이 세상에 뭔가 일어나고 있었다.

결코 작지 않은.

뭔가 거대한 사건이 시작되고 있었다.

단순한 정사대전 따위의 전쟁이 아니다.

그 이상의 뭔가가 시작된 상태였다.

그것을 깨닫자 한 가지 사실을 알게 되었다.

지금 자신에게 시간이 별로 없을지도 모른다는 사실을 말이다.

물론 확실한 것은 아니었다.

그러나 본능이 말해 주고 있었다.

몸 안 어딘가에 자리하고 있는 초침이 움직이고 있는 것 같았다.

자신에게 시간이 별로 없다는 것은 별다른 뜻이 아니었다.

용민 자신이 이곳 무림에 다시 돌아온 이유가 등장한 것 같았단 이야기였다.

그게 뭔지 모르겠지만, 당장 깨닫지 못했을 뿐 왠지 지금 자신은 그 이유를 만난 듯했고, 그로 인해 운명의 카운트다운이 막 시작된 것 같았다.

그 말인즉.

그 이유가 어떻게든, 그것이 좋은 쪽이든 나쁜 쪽이든 마무리가 되면 자신은 다시 이곳 무림에 올 이유도, 올 수도 없어질지도 모른다는 말이었다.

원인도 모르게 갑자기 자신이 사라진다면 자신이 정을 준 소운이라는 이 녀석이 어떻게 되겠는가.

그것이 걱정되는 것이다.

그런데 이런 속내를 소운에게 어떻게 밝히겠는가.

용민은 소운을 자신을 대신해서 안전하게 돌봐 줄 누군가를 최대한 빨리 찾아야겠다는 마음을 먹고 있는 상황이었다.

그전에 자신이 할 수 있는 일을 최대한 해 주고 싶었다.

"오늘 수련은 숙소로 돌아가서 진행을 하자."

용민이 그 말을 하고 등을 돌리자 소운이 묵묵히 그 뒤를 따라 숙소 안으로 들어갔다.

2

넓은 거실 바닥에 소운이 가부좌를 틀고 앉아 있다.

그 맞은편에 용민이 자리했다.

소운의 눈을 직시하던 용민이 무겁게 말문을 열었다.

"오늘 너에게 알려 주고자 하는 것은 심법이다."

그 말에 소운의 고개가 갸우뚱 기울었다.

이미 자신은 자신이 익히고 있는 월강검법에 맞는 심법을 매일같이 갈고닦고 있던 중이었기 때문이다.

"심법이요?"

"그래."

"이미 배우고 있잖아요."

"그것과는 다른 것이다. 네가 배우고 있는 심법이 검법과 조화를 이뤄 힘을 밀어주는 것이라면 지금 가르칠 심법은 조금 더 너 자신을 높은 경지로 이끌 심법이니 말이다."

"그게 다른가요?"

"다르다."

용민은 그 말을 마치고 품 안에서 작은 상자를 꺼냈다.

그리고 그 작은 상자를 소운에게 건넸다.

소운은 상자를 받아 들었고, 의아한 시선으로 용민을 올려 보았다.

"열어 보아라."

소운이 용민의 말을 듣고 작은 상자를 열자 말로 표현

할 수 없는 청아한 향기가 실내를 가득히 메웠다.

그 향기의 중심에는 작은 단약이 자리하고 있었다.

척 봐도 범상치 않아 보이는 물건이었다.

"이게 뭐예요?"

"소림대환단이다."

"헙!"

순간 소운은 놀라 숨조차 쉴 수 없었다.

소운이 아무리 무림을 모른다 해도 소림대환단을 모를 수 없었기 때문이다.

죽은 자도 되살려 낸다고 알려진 보물 중의 보물로 분류되는 물건이 아닌가!

소림사에서 온갖 약재와 비법을 사용.

일 년에 단 한 알밖에 만들지 못한다는 환단 말이다.

소운이 말했다.

"이걸 어떻게……."

소운의 손이 덜덜 떨려 왔다.

용민이 그런 소운에게 말했다.

"뭘 어떡해. 먹으라고 준 거니 먹어야지. 어서 먹으렴."

용민의 담담한 말과 행동에 기가 질릴 노릇이었다.

어찌 이 보물을 앞에 두고 담담해질 수 있겠는가.

소운이 질문했다.

"대체 이건 어디서 난 거예요?"

"흠, 예전에 누군가에게 선물 받았던 거다. 구해 준 보답으로 받았던 거지."

"누군가요? 그게 누군데요?"

소운의 이어지는 질문에 용민이 시끄럽다는 듯이 꿀밤을 먹였다.

탁!

"아얏!"

갑작스러운 충격에 눈물이 핑 돌았다.

사실 용민의 주먹이 그냥 주먹이겠는가.

아팠다.

너무나도 아팠다.

가슴이.

소운의 눈에서 핑 돌았던 눈물이 갑자기 주르륵 흘러내리기 시작했다.

순간 용민이 당혹감을 드러내지 않을 수 없었다.

동생 녀석이 갑자기 눈물을 줄줄 흘리며 울고 있는데 누가 당황하지 않을 수 있을까.

용민은 자신이 생각보다 너무 세게 때렸는지 다시 한 번 생각하고는 사과를 했다.

"소운아, 괜찮냐?"

"아니요. 안 괜찮아요."

"형이 그렇게 아프게 때린 것 같지 않았는데, 많이 아팠냐?"

소운이 한참을 꿀 먹은 벙어리처럼 입을 다물고 용민을 올려 보았다.

용민이 당황하는 모습을 한참 지켜보던 소운이 어렵게 말문을 열어 대답했다.

"……네."

"미안하다. 형이 조금 과했나 보구나."

소운이 고개를 가로저었다.

마주 앉아 있던 용민이 그것을 보고는 팔을 뻗어 소운의 머리를 쓰다듬어 주었다.

그러자 소운이 두 눈을 질끈 감더니 용민의 손을 덥석 잡았다.

그리고 용민을 연달아 불렀다.

"형. 형. 형."

"……무슨 일이냐."

"형. 형. 형……."

그제야 용민은 뭔가 이상한 것을 깨달았다.

소운이 녀석이 머리가 아파서 울고 있는 것이 아님을 알게 된 것이다.

소운이 훌쩍이며 용민의 손을 잡고 힘을 줬다.

물론 용민이 떨쳐 내지 못할 정도의 힘은 아니었다.

하지만 그냥 그대로 있었다.

소운의 감정이 추스러 들 때까지 기다려 준 것이다.

"……형."

"이제 다 울었느냐."

용민의 말에 소운이 연신 끅끅거리며 고개를 끄덕였다.

용민이 말을 이었다.

"뭐가 그렇게 너를 울게 하더냐?"

"저, 저를……."

"너를 왜?"

"저를, 저를…… 저를 떠나실 거잖아요."

"……!"

쿵!

그 말에 용민의 말문이 딱 막혔다.

동시에 가슴이 철렁 내려앉는다.

부끄럽다.

자신의 속내를 이 어린아이가 모두 꿰뚫어 보고 있었다는 사실이 창피했다.

용민이 힘겹게 대답했다.

"내가 너를 왜 떠난단 말이냐?"

그 말에 소운이 힘겹게 미소 지으며 고개를 좌우로 저으며 용민의 두 눈을 직시했다.

"아니에요. 힘겹게 변명하지 않으셔도 돼요."

"……."

소운은 언제 울었냐는 듯 반짝이는 눈으로 용민을 바라보며 말했다.

"울어서 미안해요."

"아니다."

"그리고 형은 제 앞에서 변명하실 이유가 전혀 없어요."

"무슨 변명 말이냐."

소운은 용민의 질문에 고개를 다시 가로저으며 단도직입적으로 말했다.

"형님, 제가 형님이 하실 일에 방해가 되어서는 안 돼요. 형님, 제 눈치 보지 마세요. 형님은 위로 당당히 올라가셔야 하는 분이세요. 제가 결코 다리를 잡아서는 안 되죠. 저도 그 사실을 잘 알아요."

"소운아."

"형님이 저를 얼마나 챙겨 주시는지 아껴 주시는지 잘 알고 있어요. 어떻게 모를 수가 있겠어요. 무엇보다 저는 형님이 저를 보는 눈빛을 예전에 한 번 본 적이 있어요."

"내 눈빛…… 말이냐?"

"제가 지금까지 받아 온 눈빛은 경멸이 담긴, 멸시와 괄시뿐이었어요. 하지만 아주 어렸을 적에는 그 눈빛이 아닌 다른 눈빛이 저를 보듬어 줬었죠."

"다른 눈빛이 무엇이냐?"

"할아버지요."

순간 용민의 머릿속에 얼마 전 소운이 과거 할아버지와 단둘이 살았다고 이야기했던 내용이 떠올랐다.

"할아버지?"

용민이 되묻자 소운이 고개를 끄덕였다.

"네. 저를 키워 주셨던 할아버지. 지금 형님의 눈빛이 그때 그날, 할아버지께서 나만 혼자 남겨 두고 돌아가시기 바로 직전의 눈빛과 같았거든요. 걱정과 슬픔과 그리움이 담긴."

"……!"

소운의 그 말.

다시, 아니 조금 전보다 더 강하게 용민의 가슴이 먹먹해졌다.

뭔가 강한 것이 안에서 짓누르는 듯한 압박감까지 느껴졌다.

"그래서 내가 너를 떠난다고 생각한 것이냐?"

소운이 긍정의 고갯짓을 보였다.

용민은 천장을 올려 보며 깊은 한숨을 내쉬었다.

자신이 숨긴다고 해도 도저히 숨길 수 없는 일이었던 것임을 깨달은 것이다.

용민이 소운에게 말했다.

"소운아, 네 말이 옳다."

“네. 사실대로 말해 주셔서 고마워요.”

“아니 끝까지 듣거라. 다른 사람은 몰라도 네가, 아니, 너만은 나에 대해 오해하지 않았으면 싶구나.”

“경청할게요.”

용민이 고개를 끄덕이며 말을 이었다.

지금까지 자신이 숨기고 있던 이야기를 모두 말이다.

자신이 과거 절세신마 사야라고 불린 존재였는데, 죽고 깨어났더니 먼 미래의 용민이라는 아이로 환생을 했고, 기억을 찾던 와중 우연찮게 이곳 무림으로 다시 돌아오게 되었다는 이야기였다.

물론 어째서인지 일정 분기마다 자신의 육신이 미래와 과거를 오가고 있다는 사실까지 이야기했다.

용민의 말을 들으며 소운은 놀람을 감추지 못했고, 이야기가 진행되면 될수록 감탄과 경이가 어린 시선으로 용민을 주시했다.

소운은 용민의 말에 그 어떤 토도 달지 않았다.

의심은커녕 완전히 믿고 듣고 있다는 뜻이었다.

“놀라워요!”

소운이 감탄하며 말하자 용민이 씁쓸하게 웃었다.

“이 황당한 말을 믿느냐?”

소운은 작은 망설임도 없이 대답했다.

“네.”

"어떻게 믿을 수 있느냐?"

"형님의 말이잖아요."

용민은 허탈하게 웃고 말았다.

"내가 거짓말을 했을 수도 있지 않느냐."

소운이 고개를 가로저었다.

"아니에요. 형님은 거짓말을 하지 않았어요. 저는 알 수 있어요."

오히려 못을 박아 확언을 하는 소운이었다.

용민은 그런 소운이 너무 기특하고 사랑스러웠다.

소운의 말에 용민은 부정하지 않고 바로 대답해 주었다.

"너는 이로써 내 비밀을 안 유일한 사람이 되었다."

"기뻐요."

소운은 진심으로 기쁜 듯했다.

자신을 믿고 모든 사실을 말해 준 용민에게 고마웠다.

"이제 내가 무엇 때문에 어떤 고민을 하고 있는지 알겠느냐?"

"예."

"어느 순간 내가 다시 무림에서 사라질 수도 있다. 그 전에 네가 자립할 수 있는 길을 만들어 주고 싶다."

"형님."

"왜 그러느냐."

소운이 비장한 표정으로 용민에게 말을 걸었다.

"저와 한 가지만 약속해 주세요."

용민이 의아한 시선으로 소운에게 질문했다.

"그것이 무엇이냐?"

"들어주실 거죠?"

소운이 대답 대신 강요에 가까운 질문을 던진다.

"우선 이야기를 하거라. 들어 봐야 들어줄 수 있을지 없을지를 판단할 수 있지 않겠느냐."

"들어주세요. 꼭 들어주셔야 해요."

"무엇이냐. 가능하면 들어줄 테니 말해 보거라."

용민의 말에 소운이 자신의 주먹을 꽉 쥐며 어렵게 말문을 열었다.

"형님이 떠나시는 건 불가항력이란 것을 알아요. 하지만 이곳에 계시는 한 저를 절대 떨구지 말아 주세요."

그 말에 용민은 바로 대답할 수 없었다.

섣불리 약속할 수 없는 것이었다.

이미 용민의 계획은 소운이 자랄 때까지 믿고 맡길 수 있는 이를 찾는 것이었기 때문이다.

용민의 복잡한 눈빛을 받으며 소운이 흔들리는 시선을 억지로 잡으며 용민과 눈동자를 마주했다.

결국 용민이 말문을 열었다.

본심을 털어놓기로 한 것이다.

"그 약속은 할 수 없겠구나."

"왜죠?"

"얼마 전 만났던 거지 노인 기억하느냐?"

소운은 용민이 말하는 거지 노인이 누군지 바로 알 수 있었다.

거지 노인.

허공을 말하는 것이다.

용민의 천기를 읽던 그 점술가 말이다.

"네, 기억하고 있어요."

"네가 수련을 하고 있을 때 내가 자리를 뜬 적이 있다."

"그것도 기억이 나요."

"사실 그 허공이라는 자가 나를 찾아와서 만나러 나갔던 것이다. 그때 그가 나에게 이런 말을 하더구나."

용민은 그날 마지막 허공이 자신을 조심스러게 찾아와서 해 줬던 이야기를 소운에게 그대로 전달해 주기 시작했다.

["내가 아무리 능력이 모자란 점쟁이라 할지라도 사주를 보면 어떤 일을 하는 것이 그에게 도움이 될지 앞으로 어떤 일이 일어날지에 대해 대강 알 수는 있다네. 그런데 이 소년은 달랐다네. 이것도 저것도 아니라고 해야 할지, 모 아니면 도라고 해야 할지……."

"……."

"전혀 알 수 없었네. 보이긴 보이는데, 만화경 속을 보는 것처럼 매순간순간 변화하더군. 마치 폭풍에 몸을 싣고 흩날리는 낙엽처럼 말이네. 어렵게 비유를 하자면 쉴 새 없이 풍랑을 만난 격이라 할 수 있을 거라네."

"아까는 무엇을 해도 대성할 것이라고 하지 않으셨습니까?"

"분명 그럴 것이네. 단명하지 않는다면 말이야."

"단명이라면 소운이가 죽는다는 말입니까?"

"말하지 않았나? 모 아니면 도라고. 직설적으로 이야기하자면 소운이라는 소년은 폭풍에 휘말려 단명할 상이야. 그를 휘두르고 있는 바람이 워낙 거칠고 제멋대로 변덕스럽게 부는 탓이라네. 하지만 우습게도 그렇기 때문에 죽지 않는 것이기도 하고 말이네. 그 변덕스러운 바람이 소운의 운명을 계속 흔들며 매순간순간 변화시키고 있기 때문이지."

"그 바람이 무엇입니까?"

"나도 고민을 했네. 뭐가 이렇게 하늘의 기운까지 흔들며 사람의 운명을 좌지우지하는지 궁금해 미칠 것만 같았지. 그런데 알고 보니 열쇠는 근처에 있더군."

"근처에 있다니요? 대체 무슨 말입니까? ……저 말입니까?"

"바로 자넬세. 그렇다네. 자네가 바로 소운의 사주를

흔드는 폭풍이었네."]

용민의 이야기가 끝나자 소운이 믿을 수 없다는 어투로 질문했다.

"그게 사실인가요? 그러니까 저 말인즉, 제가 형님 근처에 있으면 죽을 수도 있다는 이야기인가요? 제가 잘못 들은 것인가요?"

"내 말은 모두 믿는다고 하지 않았더냐."

용민의 말에 소운이 입을 다물었다.

거짓이 아님을 안다.

하지만 그 말을 믿고 싶지 않았다.

다시 소운의 눈가가 시큰해지기 시작했다.

그러나 이번엔 결코 그 눈물을 흘리지 않았다.

더 이상 용민에게 자신의 우는 모습을 보여 줄 수는 없었다.

억지로 눈물을 삼킨 소운이 잠긴 목소리로 말했다.

"믿어요."

용민이 울음을 참은 기특한 소운에게 말했다.

"대신 내가 너에게 한 가지 약속하마."

"……."

"내가 일을 마치고도 이 세상에서 사라지지 않는다면 다시 너를 찾겠노라 말이다."

그 말에 소운이 지금까지의 우울한 표정을 모두 지우고 미소를 머금은 얼굴로 고개를 크게 끄덕이며 대답했다.

"고마워요. 그 약속, 절대 지켜 주세요."

"알겠다."

용민도 소운을 보며 미소를 지었다.

소운이 용민에게 질문했다.

"그럼 이제 어떻게 하실 생각이시죠?"

"너를 아는 사람에게 맡길 생각이다."

"아는 사람이요? 절세신마셨을 당시의 인연인가요?"

용민이 고개를 가로저었다.

"그럼?"

"많은 고민을 했는데, 너를 맡길 만한 사람이 있더구나. 공교롭게도 이 근처에 말이지."

"근처요?"

"사천성 단파라는 지역에 있는 우문세가라는 곳이다."

天魔降臨

7장

飮影徒隨我身暫伴月將影行樂須及春我歌月徘徊我舞
酒酒星不在天地若不愛酒 地應無酒泉天地旣愛酒愛
道一斗合自然但得酒中趣勿醒者傳三月咸陽城千花晝
萬事固難審醉後失天地兀然就孤枕不知有吾身 此樂
酒酣心自開辭粟臥首陽 屢空飢顔回當代不樂飮虛名

1

다시 자리에 앉은 소운과 용민은 서로를 마주 보았다.

용민이 손짓을 하자 소운은 닫았던 작은 상자의 뚜껑을 열었다.

달칵.

다시 믿을 수 없을 정도로 청아한 향이 나는 단약이 모습을 드러냈다.

소림대환단이라고 했지만 이름과 달리 그 크기는 결코 그리 크지 않았다.

끽해야 엄지손가락 한 마디 정도의 크기에 불과했다.

크기만으로 봐서는 소림대환단이라는 이름이 어울리지

않아 보였다.

대환단의 위용은 크기와 관계가 없는 본질적인 부분에 있다는 뜻이다.

"먹거라."

소운은 소림대환단을 오른손 엄지와 검지로 잡고 입 안에 밀어 넣었다.

순간 말도 안 되게 깔끔한 맛과 기운이 입 안을 가득히 채웠고, 침과 닿기가 무섭게 물처럼 녹아 목구멍 뒤로 넘어갔다.

스르륵.

"……!"

눈이 번쩍 떠졌다.

이건 어떻게 막는다고 막을 수 있는 성질의 것이 아니었다.

물론 뱉거나 거부할 생각도 전혀 없었지만 말이다.

소림대환단은 목으로 넘어감과 동시에 엄청난 기운으로 화했고, 조금 전 맡았던 향기처럼 소운의 몸 가득히 기운을 채워 나가기 시작했다.

말도 안 될 정도로 아름답고 고귀한 기운이다.

느껴지는 감각만으로도 황홀하다.

그때 용민이 말했다.

"이제 내가 시키는 대로 기운을 움직이거라."

소운이 고개를 끄덕이고는 눈을 감고 정신을 집중하기 시작했다.

용민이 말하는 대로 기운을 움직이기 위해서다.

"내가 소운 너에게 가르칠 심법은 명왕대려심법이라는 것이다."

명왕대려심법.

700년 전 중원 무림을 장악했던 명왕 우이열의 독문심법이다.

그가 모습을 감춘 후 사장되었다고 알려진 그 심법이 지금 모습을 드러낸 것이다.

용민이 절세신마일 당시 그는 많은 무가지보를 지닐 수 있었다.

그것을 뒤적거리며 자신에게 필요한 부분이 있는지 찾아보았지만 이미 초인의 경지에 오른 자신에게 도움이 될 만한 것들은 없었다.

하지만 흥미로운 점을 지닌 몇몇 무공과 심법들은 암기하고 있었다.

나중에 시간이 나면 접목을 시켜 보거나 시험해 보고 싶었기 때문이다.

지금 용민이 소운을 가르치는 명왕대려심법도 그중 하나였다.

사실 이 심법으로 결정하기까지 용민은 많은 고민을

했다.

소운의 체질과 자질, 그리고 배우고 있는 무공과 조화롭게 어울릴 만한 심법을 원했기 때문이다.

그렇게 고심하다가 떠올린 것이 바로 이 명왕대려심법이었던 것이다.

"안구 안쪽에 위치한 정명혈인 내자부에서 시작하여 이마로 올라가 백회혈에서 교회한다. 곧추 가는 가닥을 정수리에서 뇌에 들어가 얽히고 나와 갈린 후 목덜미를 타고 내려가 견우혈 앞쪽으로 나왔다가 다시 올라가 견갑골 내측을 따라 척추를 끼고 허리로 내려가 등심을 따라 신장을 얽고 방광으로 흘린다. 비관혈과 복토에 이르러……."

용민의 친절한 설명이 계속 이어져 나갔다.

혈도로 이야기를 하면 소운이 모두 알아듣지 못할 것이 분명했기에 풀어서 읊어 주는 것이다.

말뿐이 아니라 직접 경력을 흘려 소운이 느낄 수 있도록 이동 통로를 명확하게 짚어 주기까지 했다.

이는 엄청난 심력을 사용하는 것이었지만, 용민은 크게 개의치 않았다.

소운에겐 무엇을 줘도 아깝지 않았다.

녀석은 자신에게 이런 대우를 받아도 되었다.

용민의 말을 들으며 기운을 진기도인한 지 일 식경의

시간이 지났을 때였다.

용민은 입을 다물었다.

소운이 무아지경에 빠져 자신이 알려 준 길로 꾸준하게 심법을 운용하고 있었기 때문이다.

충분히 암기를 했다는 뜻이다.

하지만 말만 하지 않았을 뿐.

혹여나 실수하지 않도록 열심히 길을 잡아 주고 신경을 써 주었다.

그렇게 다시 한 시진 정도 시간이 지났을 무렵.

부들부들부들.

소운의 전신이 덜덜 떨려 왔다.

그러곤 얼마 후 몸이 이글이글 타오르더니 소운의 몸이 허공에 떠올랐다.

그와 동시에 소운의 몸에서 역겨운 분비물들이 분비되기 시작했다.

혈도와 여러 기관에 자신도 모르게 쌓인 불순물들이다.

그것들 역시 밖으로 배출되기가 무섭게 타들어 갔다.

그러나 그러한 사실을 아는지 모르는지 소운은 몰아지경의 상태에서 정신을 가다듬고 있었다.

그때 용민의 목소리가 다시 들려오기 시작했다.

—마음과 몸은 조화가 잘 이뤄져야 한다.

—진정한 자아를 완성시키기 위해서는 영육쌍전(靈肉

雙全)을 위한 심신단련(心身鍛鍊)이 필요하다.

—이것을 바로 성명쌍수(性命雙修)라 한다.

—인간을 이루는 삼대요소는 심기신(心氣身)이다.

—그 심기신은 본래 참[眞]인 성명정(性命精)에서 비롯하였다.

—하지만, 참이 가리워져 망령된 감식촉(感息觸)을 일으키므로, 지감(止感)하고 조식(調息)하여 금촉(禁觸)하는 생활로 심기신을 바루어, 빛나는 참의 본래 자리 성명정으로 돌아가야 한다.

—그리하면 단전에 생기가 쌓인다.

—그 단에 쌓인 생기를 소주천에서 대주천으로 운기해야 하는데, 그 방법은 숨을 가늘고 부드럽게 고르고 깊이 해야 고요함에 이르게 되고, 모태 안의 태아가 숨 쉬는 것과 같은 태식(胎息)을 해야 한다.

"하아아. 후우우."

소운의 몸이 빛을 뿜어내기 시작했다.

눈을 뜰 수 없을 정도로 환한 빛이었다.

다시 용민의 목소리가 소운의 뇌리에서 울려왔다.

—인체는 소우주다.

—사람의 머리가 둥근 것은 태양의 상징이요, 몸이 네모난 것은 땅의 상징이다.

—사물을 밝게 보는 두 눈은 하늘의 해와 달이요, 골격

은 쇠와 돌이고, 핏줄은 바다와 하천이며, 털과 머리카락은 산과 초목을 닮았고, 피부는 옥토를 각각 상징하게 된다.

—하늘과 땅은 각각 남녀의 차이를 낳고, 땅에 다섯 흐름이 있으니 인체에 다섯 장이 있고, 하늘에 여섯 기후가 있으니 사람에게 여섯 부가 있는 것이다.

—1년에 24절후가 있으니 24개의 척추 마디(경추7, 흉추12, 요추5)가 있고, 12개월 365일이 있으니 12개의 대관절과 365개의 중요혈이 있게 된다.

빛이 얼마나 뿜어졌을까?

소운의 몸이 바짝바짝 타들어 가는 것이었다.

머리카락과 눈썹은 둘째 치고 전신의 피부마저 타들어가 화상을 입은 것처럼 일그러지는 것을 시작으로 이가 모조리 빠지고 손톱과 발톱이 떨어져 나갔다.

—그 소우주는 하나가 되어 곧 천지기운을 받아들이고, 나라는 인체 속에 존재하는 우주천지의 모든 형질조건(形質條件)과 오행기운(五行氣運) 등이 조화롭게 연결되도록 천지정음(天地正音)의 소리와 산택통기(山澤通氣)의 숨결로 삐뚤어진 신체를 바로잡아 하나의 완벽한 신체를 만들어 내야 한다.

하지만, 얼마 지나지 않아 곧 새살이 돋아 오른다.

시간을 돌리는 것처럼 엄청난 속도로 재생하는 것이었다.

두발은 이미 찰랑이며 윤기를 자아내고 치아는 고르게 자신의 자리를 잡았으며, 피부는 백옥이 부럽지 않은 갓난아이의 그것이었다.

숙소 안의 열기가 식어 갈 무렵이 돼서야 소운의 신체가 보여 준 놀라운 변화는 끝을 맺어 갔다.

그 순간 갑자기 소운이 눈을 떴다.

번쩍!

세상을 굽어보는 안광이 쏟아지는 것처럼 느껴졌다.

그러나 그 안광은 곧 갈무리되어 소운의 두 눈에 흡입이 되듯 사라졌는데, 자세히 보면 깊고 깊어서 더 이상 볼 수 없는 깊음이 소운에 눈에 담김을 확인할 수 있었다.

소운은 이렇게 의도기도(意到氣到), 이의영기(以意領氣)로써 기를 마음대로 전화(轉化)하고 기화(氣化)하여 바르게 쓸 수 있는 단계에 오르게 된 것이다.

용민은 소운을 보며 환하게 미소 지어 주었다.

"축하한다. 진정한 무의 세상에 들어온 것을."

소운도 그런 용민을 마주하며 환하게 미소를 지었다.

2

소운은 말로 표현할 수 없을 정도로 감격하고 있었다.

몸 안에 가득 차 있는 이 강력한 기운들.

자신이 얼마나 강해진 것인지 감도 잡히지 않을 정도였다.

소운이 용민에게 질문했다.

"제가 어떻게 된 거죠?"

용민이 친절하게 설명해 주었다.

"흠, 일종의 환골탈태를 했다고 봐야지."

"화, 환골탈태요? 구전에서나 들었던 그것이요?"

용민의 말에 소운이 놀라 되물었다.

소운의 반응에 용민이 웃었다.

"그거가 맞다. 하지만 완전한 환골탈태는 아니다. 대충 이야기를 한다면 절반짜리 환골탈태라고나 할까?"

"절반이라고요?"

"네가 깨달음을 얻어서 만든 결과가 아닌 강제적인 주입식 깨달음으로 만들어진 것이기 때문이다. 아마 네 깨달음이 온전해지면 그때 진정한 환골탈태를 경험할 수 있게 될 것이다."

소운이 고개를 끄덕였다.

"그렇다고 지금 네가 얻은 것을 무시해서는 안 된다. 네가 얻은 이것의 문턱도 밟지 못하는 무인들이 부지기수니 말이다. 아니, 밟기는커녕 언감생심 올려다보지도 못하지. 지금 네 경지는, 네 내력과 신체 중심으로만 봤을 때 절정 고수와 비슷하다고 볼 수 있다. 물론 절정 고수와 직접 겨룬다면 네가 필패하겠지만 말이다. 상태가 비슷하다고 실력이 같은 것이 아니기 때문이다."

"이해했어요."

용민이 소운의 머리를 쓰다듬어 주었다.

그러자 소운은 주인의 손길을 기다린 고양이마냥 행복한 표정으로 용민의 손길을 느꼈다.

용민이 말했다.

"시험 삼아 네가 익히던 월강검법을 펼쳐 보겠느냐?"

소운은 용민의 말에 자신의 검을 들고 연무장으로 발길을 돌렸다.

연무장에 선 소운은 심호흡을 한 후 자신이 매일같이 갈고닦던 월강검법을 시전했다.

순간 놀라울 정도로 매끄럽게 검법이 전개되었다.

전에도 설명했지만 월강검법은 용민이 손을 댄 월강소녀검결이다.

용민이 총 9식으로 만들어 변화를 주었고, 그 9식은 전 3식과 중 3식, 그리고 후 3식으로 나눠져 있다.

월하무인과 월유사연이 젓가락질하듯 자연스럽게 펼쳐지는 것도 모자라 항상 흐름에 막혀 고민하던 전 3식의 마지막 초식인 강림선녀가 소름이 끼칠 정도로 매끄럽게 시전되는 것이 아닌가.

그뿐이 아니었다.

그 상태를 이어서 중 3식에 도전을 했는데, 4식인 운별적월을 가뿐하게 소화했고, 지금까지 넘보지도 못했던 월례취주까지 버겁지만 성공할 수 있었던 것이다. 6식인 단월반성을 시도해 볼까 했지만, 고개를 가로저으며 검을 아래로 내렸다.

지금까지 진행한 것만으로도 가슴이 벅차 감당할 수 없었기 때문이다.

소운이 용민을 돌아보며 감동의 눈빛을 감추지 않았다.

"형님, 정말 감사해요."

그 말에 용민이 한 발 앞으로 나서며 말했다.

"모두 네 복이다."

"형님이 제 복이에요."

용민은 그 말을 들으며 자신의 검 무현을 뽑아 들었다.

무현이 싸늘한 예기를 뿜으며 모습을 드러냈다.

"잘 보거라. 네게 줄 마지막 선물이니."

그 말을 마친 용민은 무현을 곧게 잡고 천천히 움직이기 시작했다.

월강검법이 용민의 손끝에서 펼쳐지는 것이었다.

놀랍도록 아름다운 움직임이다.

검법이 살아서 자신의 삶을 이야기한다.

소운은 검법이 말해 주는 삶을 눈과 귀로 들으며 감동에 빠져들어 갔다.

그렇게 1초식에서부터 마지막 9초식인 월인천강에 접어 들었다.

그때 소운의 뇌리로 용민의 목소리가 전음을 타고 파고 들어왔다.

주남자견월지남(舟南者見月之南),
주북자견월지북(舟北者見月之北).
이일월지체(而一月之體),
무남북야(無南北也).
분남북자(分南北者),
위지비월불가야(謂之非月不可也),
위지진월역불가야(謂之眞月亦不可也).
즉분조지영(卽分照之影),
이구기불분지체(而求其不分之體),
칙진월즉재분조지중(則眞月卽在分照之中),
비유이야(非有二也).

—남쪽으로 가는 배는 달을 보며 남쪽으로 가고, 북쪽으로 가는 배도 달을 보며 북쪽으로 간다. 하지만 하나의 달이란 본체는 남과 북의 구분이 없다. 남북으로 나뉜 것을 달이 아니라고 해도 안 되고, 진짜 달이라고 해도 또한 안 된다. 나뉘어 비추는 그림자에 나아가, 나뉘지 않은 본

체를 구한다면 진짜 달은 바로 나뉘어 비치는 가운데 있을 뿐 둘이 있는 것이 아니다.

"……."

—달 보며 남쪽으로 흘러 내려가도 달빛은 날 따라오고, 달 보며 북쪽으로 거슬러 올라가도 달빛은 날 따라온다.

—남쪽으로 날 따라 내려간 달빛과, 북쪽으로 날 따라 올라온 달빛은 같은 달빛인가 아닌가? 달은 그저 중천에 높이 떠 있는데, 저마다 저 있는 자리에서 그 달을 보며 제 생각을 한다.

—월인천강(月印千江).

—천 개의 강물 위로 도장 찍힌 달빛은 진짜 달일까 아닐까?

—강물 위에 비친 그림자가 허상일 뿐이라면, 진짜 달은 허공에만 붙박혀 있는 걸까? 하늘에 뜬 달과 강물에 비친 달의 거리는 아득히 먼데, 맑은 강물 빛에 어린 밝은 달빛은 그 아득한 거리를 아랑곳 않는다.

—물 위에 비친 달을 보며, 한 이치에서 나와 일천 개 일만 개로 나뉘어지는 일리만수(一理萬殊)의 간격 없음을 생각한다.

—한 깨달음이 내 마음속으로 걸어 들어와 내 모든 행동으로 옮겨지고, 그것이 다시 많은 사람들에게 옮겨지는

그 아름다운 감염의 경로를 생각한다."

—나를 버림으로 내가 존재한다.

—버린다 하여 어이 내가 없어질 것이며,

—그 본체는 영원하거늘 버린 나와 존재하는 나.

—그 속에서 우리는 맺음이 있지 않을까.

"아아!"

……소운은 볼 수 있었다.

세상 모든 곳에 도장을 찍듯 환하게 사위를 밝히는 달의 전신을.

8장

1

용민과 소운은 사천(四川)에 들어섰다.

사천은 남서부 양쯔강 상류에 있는 성이다.

양쯔강 · 민장강 · 퉈장강 · 자링강의 4대 강이 성내를 흐르기 때문에 '사천' 이라는 명칭이 붙었다.

사천은 동쪽의 쓰촨 분지와 서부고원으로 크게 나눌 수 있다.

쓰촨 분지는 적색 토양으로 구성되어 있어 '적색분지' 라고 부르기도 한다.

사천에는 대표적인 문파가 세 곳이 있다.

아미파와 청성파, 그리고 정사지간의 문파인 사천당문

이다.

아미파는 아미산에 자리하고 있고 청성파는 청성산에 자리하고 있다.

당문은 성도에 자리하고 있는데, 지금 용민과 소운이 향하고 있는 곳은 성도에서 조금 떨어진 지역에 위치한 단파였다.

용민과 소운은 성도를 들를 필요가 없었다.

운남에서 올라오는 길이었기에 서창(西昌)과 구룡(九龍)을 지나 강정(康定) 위에 자리한 단파로 바로 향하면 되었기 때문이다.

* * *

점창산에서 출발한 지 20일 만에 용민과 소운은 목적지인 단파에 도착했다.

그리고 수소문을 하여 우문세가를 찾았다.

그런데 어째서일까?

무슨 일이라도 있는지 어수선한 분위기를 문밖에서부터 느낄 수 있었다.

"무슨 일이 있나 본데요?"

"그렇구나."

용민이 소운의 말에 대답하며 문을 두들기자 한 무복을

깔끔하게 입은 청년이 문을 열고 밖으로 나왔다.

청년은 용민과 소운을 보고 질문했다.

"무슨 용무십니까?"

"이곳 우문세가 가주이신 우중천 어르신을 뵈러 왔습니다."

용민의 대답에 우문세가 청년의 시선에 적개심이 어렸다.

용민과 소운은 우문세가 청년의 적개심을 봤음에도 크게 내색하지 않았다.

대충 문제가 있음을 짐작하고 있던 상황이었기 때문이다.

다만 이 문제가 단순한 내부의 사안이 아닌 뭔가 외부와 무력이 오가는 문제임을 확인하게 되었을 뿐이다.

"누구십니까?"

"과거 가주님의 도움을 받았던 사람입니다."

"도움이요?"

우문세가의 청년이 고개를 갸웃거렸다.

도움을 받았다는 말의 뜻을 파악하고자 고민하는 듯 보였다.

그의 생각에 작은 도움을 주기 위해 용민이 말을 추가했다.

"과거 제가 길을 잃고 해매고 있을 때 큰 도움을 얻었지요. 근처에 들르는 김에 인사를 드리기 위해 찾아왔는데, 지금 보니 뭔가 어수선한 분위기군요."

용민의 추가 설명이 큰 도움이 되었던 것일까?

우문세가 청년의 적개심이 많이 수그러들었다.

"아, 그러시군요. 하지만 지금 뵙는 것은 어려울 것 같습니다."

"우문세가에 무슨 일이 있습니까?"

"말도 마십쇼. 우리 우문세가 반대쪽에 위치한 단성문이라는 사무련 소속의 사파 녀석들이 지금까지 상권을 노리고 도발을 해 왔는데, 지금까지 일부러 큰 대응을 하지 않았습니다. 괜한 불란을 일으킬 필요가 없다고 판단했거든요. 사파 녀석들이 문제가 있던 것도 하루 이틀도 아니고 말이죠. 그런데 오냐오냐하다 보니 간덩이가 부어오른 모양입니다. 이번엔 그 정도를 지나치게 넘어서서 강한 도발로 우문세가의 식솔들을 공격해 왔거든요. 결국 가주께서 특단의 대책을 내리셨고, 단성문의 도발을 받아들이기로 하셨습니다. 문제는 단성문의 세력이 생각보다 더 강하다는……."

우문세가의 청년은 생각보다 말이 많았다.

걱정이 돼서 말이 많이 나오는 것인지, 아니면 평소에 말이 많은 사람인지는 모르겠지만, 어쨌거나 그 덕에 현 상황을 대략적이나마 파악할 수 있게 되었다.

그런데 문뜩 뭔가 한 가지 이야기가 용민과 소운의 머릿속을 스쳐 지나갔다.

"어라?"

"흠."

용민과 소운은 잠시 서로를 바라보았다.

그리고 깨달았다.

어디서 많이 들어 본 이야기 같다고 생각을 했는데, 지금의 상황이 얼마 전 운남성에서 있던 점창파와 패룡문의 이야기와 거의 흡사하지 않는가.

이미 소운도 용민에게 점창파가 어찌 되었는지 이야기를 전해 들었던 터라 상황 파악을 쉽게 할 수 있었다.

"형님, 설마."

"나도 같은 생각이다."

용민이 굳어진 표정으로 고개를 주억였다.

용민이 시선을 돌려 우문세가 사내에게 말을 걸었다.

"미안하오. 안에 우리가 왔다는 언질을 좀 넣어 줄 수 없겠소?"

그 말에 우문세가 사내가 어려워하는 표정을 지었다.

"아까도 말씀드렸지만 쉽지 않을 것입니다."

"혹시 알겠소? 우리가 도울 일이 있을 수도 있을지."

용민의 그 말에 우문세가 사내가 신중한 표정을 지었다.

그렇지 않아도 일손이 모자란 상황이 아니었던가.

은혜를 갚겠다고 도움을 준다면 좋은 일이고 말이다.

결국 우문세가 사내가 고개를 주억거리며 대답했다.

"알겠습니다. 한번 언질을 넣어 보지요. 하지만 가주님을 뵐 수 있을지는 장담을 드리기 어렵습니다."

"알겠소. 이해하오."

그때 문이 살짝 열리며 한 여인의 목소리가 들려왔다.

"사형, 밖이 왜 이렇게 소란스럽죠? 누가 왔나요?"

그 여인을 본 우문세가 사내가 달갑게 웃으며 대답했다.

"아! 사매. 여기 계신 분께서 가주님께 은혜를 받은 것이 있다고 도움을 주시러 찾아오셨다더군."

"할아버님께 은혜를요?"

그 말에 의아함을 느낀 여인이 문을 조금 더 열고 고개를 빼꼼 내밀었다.

그러곤 눈을 동그랗게 떴다.

"어머? 당신은?"

고개를 내민 여인의 얼굴을 본 용민이 미소를 지으며 알은척을 했다.

"잘 지내셨습니까? 오랜만에 뵙네요."

모습을 드러낸 여인의 정체는 바로 우소연이었다.

2

다향이 가득한 접객실.

우중천은 자신의 손녀 우소연과 뜻밖의 손님을 만나게 되어 기쁨을 감추지 못했다.

"잘 지냈는가?"

"어르신께서도 강녕하셨습니까?"

용민의 인사에 우중천이 조금 씁쓸하게 웃음을 지었다.

"나야 얼마 전까지만 해도 괜찮은 편이었다네."

"이야기를 들었습니다."

"부끄럽군."

"부끄러워하실 문제는 아니라고 생각합니다."

"그렇게 말해 주니 고맙군. 그건 그렇고, 그동안 어찌 지냈나? 간혹 잘 지내고는 있는지 궁금하더군."

"어르신의 많은 도움으로 잘 지낼 수 있었습니다."

"내 도움이랄 것이 얼마나 있었겠나."

그 말에 용민이 고개를 가로저었다.

"그때 어르신을 뵙지 못하고 도움도 얻지 못했으면 난처한 상황을 겪을 뻔했습니다. 어르신 덕에 별문제 없이 지낼 수 있었지요."

"잘 지냈다니 기쁘군. 그래, 그때 원하던 것은 얻었는가?"

"네."

용민의 대답에 우중천이 눈을 동그랗게 떴다.

용민은 우중천의 모습을 보고 어떤 생각을 했는지 깨달을 수 있었다.

그래서 생각을 정정해 줄 필요성을 느꼈다.

"아, 그때 대화는 약간의 오해가 있었습니다. 제가 뭔가를 찾고 있던 것은 사실이지만, 다른 무인들처럼 무공서를 찾아 헤매던 것은 아니었습니다."

"그렇군. 그럼 당시 내가 괜한 오해를 해서 오지랖을 떨었군."

"아하하. 아닙니다. 충분히 오해를 살 만한 상황이긴 했으니까요. 사실 그때 해 주셨던 말씀들이 제 상황과 크게 다르지도 않았기에 그 일을 계기로 다시 한 번 상황을 곱씹어 볼 수도 있었습니다."

그때 우소연이 웃으며 끼어들었다.

"언제까지 두 분만 이야기하실 거예요."

그 말에 우중천과 용민이 어색하게 웃었다.

"소저도 잘 지냈습니까?"

"그럼요. 오랜만에 보니 정말 반갑네요."

"그렇군요."

"당시 헤어질 때만 하더라도 다시 또 이렇게 뵐 줄은 상상도 하지 못했는데."

우소연의 말에 우중천이 대답했다.

"넓고도 좁은 곳이 무림이 아니더냐. 그러고 보니 저

어린 소협은 누구인가? 소개 좀 해 주게."

"소운이라는 친구입니다. 제 의동생이지요."

"소운이라 합니다."

"반갑네. 노부는 우문세가의 우중천이라 하네."

"우문세가의 가주님을 뵙게 되어 영광입니다."

소운을 바라보는 우중천의 눈빛이 반짝였다.

인재를 알아보고 있는 것이다.

"자네는 복도 많군. 어디서 이런 친구를 만나게 되었나?"

그 말에 용민은 대답 대신 웃음을 흘렸다.

우중천은 이미 소운에게 꽂혀 있는 상태였다.

"소운이라고 했던가. 실례가 되지 않는다면 자네의 사문이 어찌 되는지 물어도 되겠나?"

우중천의 질문에 소운은 잠시 용민을 바라보았다.

하지만 용민은 소운에게 시선도 주지 않고 차만 마실 뿐이었다.

"사문은 없습니다."

마음속으로는 용민이 스승님이라고 말하고 싶었지만, 그것은 용민이 원하는 것이 아님을 알고 있었기에 목 끝까지 나온 말을 삼키고 한 대답이었다.

그 말에 우중천이 미심쩍은 시선을 던졌다.

"사문이 없다고? 그렇다면 누가 자네를 이렇게 키웠는

가? 아무리 봐도 아직 지학(志學:15살)도 되지 못한 나이 같은데, 최소 일류를 넘어선 듯 보이니 말이네."

우중천의 말에 소운은 뜨끔했지만, 태연하게 대답했다.

이미 어느 정도 상황을 예측하고 왔기에 대답 거리를 만들어 놓았던 것이다.

만일 이 어린 소운의 경지가 우중천 자신과 비슷한 수준임을 알게 되면 얼마나 놀랄까.

"지금까지 조부님과 단둘이 살아왔습니다. 하지만 얼마 전에 돌아가셨지요. 제가 익힌 무공도 조부님께 배웠습니다."

소운의 대답에 우중천이 진심으로 안타까운 목소리로 대답했다.

"아! 안타깝군."

"예?"

"자네를 보면 기르신 그분의 본질을 볼 수 있지. 이토록 훌륭하게 손자를 키우신 분이라면 결코 예사 분이 아니실 터. 은거기인 같은 분이셨겠지. 이거 정파 무림의 큰 별이 지셨군. 안 되었네. 진즉 알았다면 미리 찾아뵈었을 것을……."

"아닙니다. 괜찮습니다."

소운은 왠지 기분이 묘했다.

자신으로 인해 사랑했던 할아버지가 칭찬을 듣게 되었

기 때문이다.

"그래도 사문은 있지 않는가?"

"제 조부께서는 사문에 대해서 일언반구도 하지 않으셨었습니다."

"그런가?"

"예."

"무림에 지쳐서 떠나신 분이었던 모양이군그래."

"그러셨을 수도 있겠군요."

"내 주위에도 세상에 환멸을 느끼고 등을 진 이들이 없지 않으니……. 그래도 자네의 무공의 이름은 알겠지. 무공의 이름이 무엇인가."

"월강검법이라고 합니다."

"월강검법?"

"그렇습니다."

우중천의 고개가 갸우뚱 기울어졌다.

흔하다면 흔하고 흔치 않다면 흔치 않은 어정쩡한 이름이었기 때문이다.

하지만 깊이 파고들지는 않았다.

꼬치꼬치 캐물어 봐야 듣는 이야긴 뻔하고, 괜히 호감도만 떨어트릴 수도 있기 때문이다.

대화는 끊어졌지만 우중천은 계속 소운에게 호감 어린 시선을 던졌다.

우중천도 무인이었다.

인재가 탐나는 것은 어쩔 수 없었다.

그때, 용민이 말했다.

"그건 그렇고, 일손이 많이 모자라신 것 같아 보이던데 아닙니까?"

"어찌 아니겠나. 문파끼리의 충돌이 불가피 한 상황인데, 아무리 많아도 모자라지. 그래도 며칠 안에 무림맹에서 지원을 와 주기로 했다네."

"다행이군요."

"뭐, 와야 오는 거 아니겠나? 지금 언제 어느 순간 충돌이 일어날지 모르는 상황에서 당장 전력에 포함되지 않는 이들은 없는 것이나 다름없으니 말이네."

틀린 말은 아니었다.

조금 조급한 감이 없지 않는 점잖지 못한 어투였지만, 그만큼 그가 얼마나 심중적으로 압박을 받고 있는지 단편적으로 알 수 있게 만들어 주었다.

용민이 조심스럽게 말을 건넸다.

"제가 도움을 드리고 싶은데 괜찮으시겠습니까?"

그 말에 우중천이 달가운 표정을 지었다.

"괜찮겠나? 위험할 수도 있다네."

"그때 받았던 도움에 대한 보은이라고 생각해 주시면 감사드리겠습니다."

“허허. 말만 들어도 든든하군.”

우중천은 진심으로 기쁜 듯했다.

초절정의 가까운 우중천은 용민을 절정급의 고수로 인식하고 있던 중이었다.

처음 만났을 때는 알송달송했지만, 지금은 확실히 절정 고수로 받아들이고 있었다.

물론 용민이 의도적으로 그 정도 기운만 드러냈으니 그리 알 수밖에 없었겠지만 말이다.

처음에는 헛갈릴 만도 했을 것이다.

그때의 용민은 자신의 기운을 처음에는 갈무리하지 않다가 이야기 중간에 갈무리를 한 탓이다.

어쨌거나 고수에 속한 용민이 도움을 주겠다고 하는데 어찌 기쁘지 않겠는가.

일류급 이상의 고수가 둘이다.

전력의 큰 보탬이 되고도 남는다.

소운의 나이가 어린 것이 조금 걸리긴 하지만, 전방에 나가지 않는다면 나쁘진 않을 거라 생각했다.

사실 이런 중소방파의 경우 대다수 무인이 이류에서 삼류급이다.

물론 일개 중소방파라고 싸잡아 낮추기엔 꽤 큰 가문이었지만 어쨌거나 거대 문파는 아니다 보니 배울 수 있는 무공에 한계가 있는 탓이다.

직선 제자나 일류급 이상으로 올라설 수 있지만, 절정까지 오르는 이는 거의 없는 실정이다.

제자들이 배울 수 있는 무공에도 엄연히 한계가 있는 탓이다.

지원해 줄 수 있는 것 또한 많이 모자라고 말이다.

그때 용민이 조심스럽게 말문을 열었다.

"그런데 혹시 점창파가 멸문한 사실을 아십니까?"

용민의 말에 우중천과 우소연이 무슨 생뚱맞은 소리냐는 시선을 던졌다.

"그게 무슨 말인가?"

"처음 듣는 이야긴데요?"

"그렇습니까?"

용민이 침음을 삼키며 입을 다물었다.

그러자 우중천과 우소연은 호기심이 일기 시작했다.

갑자기 이야기 서두만 던지고 본론을 꺼내지 않으니 궁금증이 피어오른 것이다.

자신들이 판단컨대 용민이라는 자가 헛소리를 할 사람은 아니었기 때문이다.

우중천이 참다 못해 질문을 던졌다.

"대체 무슨 이야기를 듣고 왔기에 그런 소리를 하는 건가?"

그 질문에 용민이 시선을 똑바로 하고 우중천에게 대답

해 주었다.

"두 눈으로 보고 왔습니다."

"뭐라!"

"지금 뭐라고 하셨죠?"

우중천과 우소연은 당혹감을 넘어 현실감 없는 표정으로 되물었다.

그러자 용민이 다시 못을 박았다.

"사실 이곳에 오기 전에 저희는 점창산에 있었습니다."

그 말을 시작으로 용민이 있었던 이야기를 꺼내기 시작했다.

점창파와 근처 사파 계열의 문파인 패룡문이 전쟁을 준비하고 있다는 소식을 듣고 점창파에 도움을 주기 위해 이동을 했다.

그런데 도시의 분위기가 뭔가 이상해서 직접 점창산을 올라 점창파에 갔는데, 시체들만 널려 있더라.

그 와중에 정체불명의 적들에게 습격을 당했고, 그들과 전투를 한 후 잡았는데 상황을 파악하기도 전에 그들이 자결을 했다는 이야기였다.

"허!"

우중천으로서는 용민의 말을 믿기도 뭐했고, 믿지 않기도 뭐했다.

용민이 여기까지 오는 데 대략 20일 정도가 걸렸다고

했는데, 만일 정말 그런 큰일이 벌어졌다면 벌써 소문이 나도 났어야 했기 때문이다.

그런데 소문이 나지 않았다.

이것은 두 가지 뜻이 있다.

용민이 모종의 이유로 거짓말을 하고 있거나, 누군가가 정보를 숨기고 있다는 사실이었다.

용민이 거짓말을 하고 있다면 대체 왜?

반대로 누군가가 정보를 숨기고 있는 것이라면…….

그것은 오싹한 일이 아닐 수 없었다.

이렇게 큰 사건을 숨길 정도라면 배후에 거대한 존재가 있다는 것을 말하는 것이기 때문이다.

거대 문파든 혹은 국가든.

무엇보다 걱정이 되는 것은 따로 있었다.

점창파가 경험했던 상황과 지금 우문세가가 겪고 있는 상황이 흡사하다는 사실이었다.

만일 그것이 사실이라면 우문세가도 위험할 수 있다는 것이다.

그 적이 결코 단성문이 아니란 뜻이기 때문이다.

"흠, 우리의 입장에서는 자네의 말을 그대로 믿기가 쉽지 않군."

"제가 가주님의 입장이라 해도 마찬가지였을 것입니다."

"그렇다고 믿지 않는 것도 어렵고 말이네."
우소연도 고개를 끄덕이며 말했다.
"소녀의 생각도 할아버님과 같아요. 무엇보다 용민 소협이 뭔가 우리를 속일 이유가 있다면 이런 소재로 속이지는 않았을 것 같아요. 속일 의도였다면 오히려 안심을 시킬 이야기를 하면 했지 더욱 경계를 할 이야기를 꺼낼 이유가 없죠."
"내 생각도 그렇단다."
우중천과 우소연이 용민을 바라보았다.
용민은 담담하게 그들의 시선을 받았다.
우중천이 우소연에게 말했다.
"사실이 어쨌든 무인들을 더 끌어와야 할 것 같구나. 돈을 아끼고 있을 상황이 아닌 것 같다."
"오늘 저녁에 낭인시장에 다녀오도록 할게요."
우소연의 말에 고개를 끄덕인 우중천이 다시 용민을 보며 말했다.
"자네가 한 말에 책임을 질 수 있겠나?"
"물론입니다."
"하지만 사실 노부는 자네의 말을 10할 모두 신뢰할 수 없다네."
"이해합니다."
"어째서 신뢰를 할 수 없는지 아는가?"

"어째서입니까?"

우중천이 단도직입적으로 대답했다.

"바로 자네가 살아 있다는 사실이지."

그 말에 용민이 무겁게 고개를 끄덕였다.

납득이 가는 말이었기 때문이다.

"지금 이렇게 수십 일 동안 점창파의 멸문을 통제할 정도로 거대 세력이 개입된 사건이라면 자네가 그곳에서 확인을 하기가 무섭게 목이 떨어졌을 거네."

"……."

"자네의 실력을 폄하하는 것이 아니라네. 하지만 내가 짐작하는 바 자네는 나보다 밑이네. 물론 절정의 단계에 올라선 고수가 대단하기는 하네. 그 실력에 자네의 나이라면 어디를 가도 대협의 소리를 들을 만도 하지. 그런데 그렇게 큰일을 벌인 자들이 자네를 살려 뒀다? 명문 정파를 대표하는 점창을 소리 소문 없이 무너트린 그들이? 뭐가 아쉬워서?"

"지당하신 말씀이십니다."

용민의 대답에 우중천이 신중한 눈빛을 던졌다.

용민의 이어질 말을 기다리고 있는 것이었다.

"어르신의 이야길 듣고 보니 그들은 아마 저를 찾고 있을지도 모르겠군요."

"그건 무슨 말인가?"

"직접 눈으로 확인하시죠."

순간 사람들 앞에 놓여 있던 찻물이 가득 들어 있던 찻잔들이 덜덜 떨리기 시작하더니 증기를 뿜었다.

화앗!

그 증기에 놀란 이들이 신음을 흘렸다.

"읏!"

"어?"

우중천과 우소연, 그리고 소운마저 놀라 눈을 동그랗게 뜨고 갑자기 일어난 기현상에 관심을 집중했다.

증기를 통해 알 수 있었다.

감히 상상도 할 수 없는 엄청난 열기가 찻잔을 지배하고 있음을.

그 열기가 증기를 통하지 않고 직접 오기 시작할 즈음 용민이 탁자를 가볍게 탁 쳤다.

그러자 찻잔들이 가루가 되어 부서졌다.

놀란 우중천이 용민을 보며 의문을 던졌다.

"이, 이건! 서, 설마!"

용민이 고개를 끄덕이며 대답했다.

"맞습니다. 절세신마 사야의 무상신공입니다."

"무상신공!"

쿠쿵!

天魔降臨

9장

飮影徒隨我身暫伴月將影行樂須及春我歌月徘徊我

酒量不在天地若不愛酒 地應無酒泉天地既愛酒愛

道一斗合自然但得酒中趣勿醒者傳三月咸陽城千花

萬事固難審醉後失天地兀然就孤枕不知有吾身 此

酒酣心自開辭粟臥首陽 屢空飢顔回當代不樂飮虛

1

끝을 모르는 적막감이 이어지고 얼마나 시간이 흘렀는지 감도 오지 않았을 무렵 다시 한마디가 우중천의 입술 사이에서 침음성처럼 흘러나왔다.

"……무상신공……."

그렇게 깨진 적막.

마음을 갈무리한 우중천이 굳은 표정으로 용민을 보며 질문했다.

"자네의 정체가 무엇인가? 정체가 무엇이기에 마교의 절세신마만이 익히고 있다는 독문절기를 익히고 있는 것인가."

눈앞에서 내공만으로 물체를 기화시키는 신기를 목격했다.

이는 자신이 평가하고 있던 절정 고수가 할 수 없는 일이었다.

그 말인즉 용민이 정체와 능력을 속이고 있었다고밖에 볼 수 없는 노릇이었다.

만일 이 능력이 전부 사기가 아닌 사실이라면 그가 죽지 않고 추적도 당하지 않았다는 사실을 믿지 않을 수 없었다.

이런 초고수를 어떤 누가 제압할 수 있겠는가.

의문이 하나 풀렸지만 더 큰 의문이 꼬리를 물고 우중천과 우소연에게 다가왔다.

"저는 어르신께서 알고 계신 용민입니다. 그 이상도 이하도 무엇도 아닌 이입니다."

"무공은 어찌 익혔는가."

"그건 말하기 힘듭니다."

이들이 소운처럼 순수하게 믿어 줄 리가 없었다.

차라리 입을 다무는 것이 현명했다.

"이런 능력을 지녔는데 그 말을 어찌 그대로 믿을 수 있겠나? 자네라면 과연 어, 그렇군 하고 받아들일 수 있겠는가?"

"어려울 수도 있겠군요."

"그런데 나보고는 믿으라 이 말인가?"

"그럼 제가 하나 묻겠습니다."

"무엇인가?"

"제가 악의를 가지고 온 이로 보이십니까?"

그 말에 우중천은 자신의 손녀 우소연을 돌아보았다.

장고를 마친 우소연이 고개를 가로저으며 우중천을 돌아보자 우중천도 고개를 끄덕이며 용민을 다시 돌아봤다.

"사람의 속은 알 수 없으나, 자네의 말속에서 적의를 찾을 수 없음은 사실이네. 무엇보다 자네가 우리를 제압한다면 우리로서는 막을 수 없겠지."

"저를 믿어 주셨으면 합니다. 제 예측이 맞다면 근래에 우문세가가 일어선 이후 최악의 위기가 덮쳐 올 것이기 때문입니다."

"그럴 수도 있겠지."

"……."

"내 마지막으로 하나만 묻겠네."

"무엇이든지요."

"마교가 이 일에 개입하고 있는가?"

우중천은 아직도 용민을 믿지 못하고 있는 것일까?

그 말에 용민은 우중천의 두 눈을 직시하며 대답했다.

"모르겠습니다. 저는 아니라고 믿고 싶습니다."

묘한 화법이었다.

저 말이 주는 느낌은 자신이 마교와 관계되었다는 사실을 은연 중 드러내고 있었기 때문이다.

그러나 지금은 마교와 전혀 엮이지 않았다고 역설하는 느낌도 담고 있었다.

우중천은 고개를 끄덕였다.

그것으로 충분하다 느낀 것이다.

"그렇군. 잘 알겠네. 나로서는 자네를 믿는 수밖에 없겠군."

"믿어 주셔서 감사합니다."

"우리 우문세가를 도와주는 것은 아직도 유효한가?"

용민은 소운을 향해 시선을 돌려 내려 보고는 고개를 끄덕이며 대답했다.

"물론입니다."

"고맙군."

감사를 표한 우중천의 표정이 심각하게 굳어갔다.

"그건 그렇고, 이로 인해 진짜 걱정이 추가로 늘어나게 되었군."

용민이 질문했다.

"무슨 말씀이십니까?"

"자네가 점창파가 멸문지화를 당했다는 이야기를 하지 않았나?"

"예."

"그것이 정말이라면 과연 그런 불화를 당한 것이 어디 점창파뿐이겠는가?"

쿵!

"아아!"

절로 신음성이 흘러나왔다.

거기까진 용민은 생각도 못 한 일이었다.

뭔가 찜찜함을 느끼긴 했는데, 아마 그 찜찜함의 정체가 바로 이것이었던 모양이다.

"거대 명문 정파를 그 짧은 시간에 멸문시킨 자들이네. 그것도 모자라 그 엄청난 정보까지 틀어막았지. 아마 우리가 알지 못할 뿐 이런 사태를 당한 문파가 더 있지 않겠는가?"

용민이 심각한 표정으로 고개를 주억이며 대답했다.

"분명, 그럴 수도 있겠군요."

"우선 조심스러운 이야기인지라 함부로 말할 수는 없네만, 당장 내가 할 수 있는 일은 해야겠군."

"그게 무엇입니까?"

"무림맹에서 어떻게 받아들일지는 모르겠지만, 이 이야기를 전서구를 통해 우선 언질해 놔야겠네."

그 말에 듣고 있던 우소연이 한마디 했다.

"할아버님."

"말하거라."

"만일 이 사태가 사실이라면 무림맹도 의심을 해야 합니다."

"그건 무슨 소리지?"

"무림맹이 정말 거대 명문 정파의 멸문지화 사실을 모르고 있을까요? 알면서 민중의 혼란을 막기 위한다며 덮고 있는 것일 수도 있지 않을까요?"

"흠……."

그 또한 틀린 말이 아니었다.

무림맹에는 원로원과 장로들이 있다.

원로원과 장로들은 각기 문파의 고수들이 적게는 한 명에서 많게는 수 명까지 무림맹의 중심을 잡기 위해 자리하고 있기 때문이다.

그들이 본가와 연락을 하지 않을까?

아마 최소 보름에는 한 번씩 전서구를 주고받을 것이다.

그런데 갑자기 전서구가 날아오지 않는다면?

의구심이 들지 않겠는가?

한마디로 무림맹 측에서 수상한 분위기를 감지한 후 이미 조사를 마친 상태일 수도 있다는 것이다.

"그렇다고 해도 우선 내가 알게 된 사실을 보고할 의무가 있다."

"그것은 맞습니다."

상황이 파장의 분위기를 띠자 용민이 조심스레 우중천에게 말을 걸었다.

"아, 그런데 한가지 청이 있습니다."

"청? 그게 무엇인가?"

"지금 이 사태가 끝난 후 제 부탁을 하나만 들어주십시오."

"그게 무엇인가?"

우중천의 질문에 용민은 바로 대답하지 않고 돌려 말했다.

"모든 상황이 정리가 되었을 때 그때 말씀드리겠습니다."

"무리한 부탁인가?"

"저로서는 어려운 부탁입니다. 하지만, 어르신께서 어떻게 받아들이시냐에 따라 어렵지 않을 수도 있습니다."

우중천이 고개를 끄덕였다.

"알겠네. 이번 상황이 끝나고 다시 이야기를 나눔세."

2

용민과 우중천이 대화를 나누고 얼마 지나지 않아 우문

세가에 적지 않은 인원들이 밀려 들어왔다.

우중천이 말했던 무림맹에서 보내 준다던 지원군이 온 탓이다.

우문세가에 자리하고 있던 무인들의 표정이 환하게 밝아졌다.

이미 다 이긴 듯한 모습을 보이는 이들도 있었다.

그들이 자신감을 보일 만도 했다.

무림맹의 이름은 그만큼 큰 것이었으니 말이다.

하지만 그들을 지켜보는 용민으로서는 고개를 가로젓지 않을 수 없었다.

그들의 무력이 생각보다 높지 못했기 때문이다.

지원으로 온 이들의 수는 총 60명이었는데, 인도자 격으로 온 초절정 고수가 한 명에, 절정 고수가 셋뿐이었고, 15명이 일류급에 나머지는 이류에 불과했다.

물론 무시할 수 없는 전력이긴 했다.

그러나 용민이 생각하고 있는 적과 맞서기에는 이들의 무력은 없으니만 못하다고 할 수 있었다.

생색내기용으로 보내온 것 같다는 생각이 들었다.

용민의 판단에는 나름 이유가 있었다.

무림맹의 무인들을 지원군으로 이끌고 온 이와 주변 인물들이 거들먹거리는 모습을 보여 주고 있었기 때문이다.

정파 무인으로 보이지 않는 삼류 양아치 같은 모습들이었다.

그들과 용민의 접점은 없었다.

어차피 우중천이 잠시 얼굴 비추고 나면 우문세가의 총관이 나머지를 모두 담당할 일이니 말이다.

용민과 소운이 서 있는 자리에 우소연이 다가왔다.

용민이 우소연에게 말을 걸었다.

"너무 질이 떨어지는 이들이 왔군요."

"무림맹도 다양한 집합의 단체니까요. 명문의 정파 후기지수들이 우리 같은 외지의 중소 문파를 오는 일은 거의 없다고 봐야 해요. 스스로 정파라고 하지만 사파보다 못한 이들도 많고요."

용민이 고개를 끄덕였다.

전혀 모르는 사실은 아니었지만, 과거 사야의 시선에서 봤을 때와 이곳에 와서 용민의 시선으로 보니 상당한 괴리감이 느껴졌던 것이다.

지금은 이렇지만 과거엔 사이함과 잔혹함으로 이름이 높았던 마도의 종주였으니 말이다.

"어쨌거나 다행이군요."

"네, 한시름 놓았어요. 실력은 예상보다 조금 못 미치지만, 그래도 그만큼 머릿수가 많으니 도움이 되겠죠."

"고수의 싸움에서 머릿수는 크게 중요하지 않지요."

"그렇긴 하죠. 그래도 심리적인 요인이 작용하는 부분도 있으니까요."

용민은 할 말이 많았지만 입을 다물었다.

우소연도 이미 알고 있는 듯했기 때문이다.

다만 긍정적으로 생각하려고 할 뿐인 것이었다.

용민이 질문했다.

"그럼 오늘 가신다고 했던 낭인시장은 접으시는 겁니까?"

"흠, 조금 고민이 들긴 하네요. 사실 우문세가의 형편이 현재 그리 좋지 못하거든요."

단성문과의 신경전이 길었던 탓이다.

용민은 그 상황을 이해할 수 있었기에 고개를 끄덕였다.

"오늘 와 주셔서 감사드려요. 우선 식사를 하시고 객실에서 쉬세요."

"고맙습니다."

우소연의 말에 용민이 감사를 표했다.

용민과 우중천이 만나기 전에 우소연이 먼저 이미 객방을 지정해 주었는데, 친인들에게나 건네줄 방을 잡아 줬던 것이다.

그녀가 얼마나 많은 신경을 써 주었는지 모를 수 없

었다.

"그럼……."

우소연이 종종걸음으로 사라지자 지금까지 입을 닫고 있던 소운이 말문을 열었다.

"아름다운 소저네요."

소운의 말에 용민의 눈빛이 장난끼로 물들었다.

뭔가 간질간질한 감정의 선을 발견한 탓이다.

"그렇지 아름다운 분이시지. 마음도 착하시고."

"그런 것 같아요."

"왜? 관심 있냐?"

용민의 말에 소운이 화들짝 놀라 대꾸했다.

"엑! 아, 아뇨! 관심은요! 어떻게 제가 감히."

용민이 입꼬리를 길게 올리며 말을 걸어왔다.

"왜? 네가 어때서?"

"아휴. 아니에요. 그러니 그만하세요."

"한눈에 반했구만?"

결국 소운이 터질 것처럼 새빨개진 얼굴을 숙이며 입을 다물었다.

지금 무슨 말을 해도 놀림감이 된다는 사실을 깨달은 탓이다.

물론 소운이 입을 다문다고 해결될 문제는 아니었다.

용민의 장난끼가 발동되었기 때문이다.

말을 걸어오지 않으면 말을 걸면 되는 것이다.

"어디가 그렇게 좋든?"

"……."

"어디가 좋아?"

"형님, 진짜 아니라니까요!"

억울한 듯이 결국 입을 연 소운이었다.

"에이. 아닌 게 아닌데? 그냥 솔직하게 말해. 뭐가 부끄럽냐. 남자가 여자 좋아하는 거야 당연한 일인데. 형한테도 숨기냐?"

소운은 용민의 끈질기게 이어지는 말에 결국 패배를 인정하고 시인하기 시작했다.

"모르겠어요. 그냥 다 좋네요."

"다? 그래도 특정하게 좋은 점이 있을 거 아냐?"

"그냥 한눈에 반했다는 느낌이랄까요? 표정을 짓고 말을 하는 모든 것에서 빛이 나는 것 같아요."

소운의 솔직한 말에 용민이 웃으며 소운의 머리를 거칠게 흩듯이 쓰다듬어 주었다.

"요, 귀여운 녀석."

"아이, 정말. 형님, 하지 마세요. 제가 애도 아니구."

"애가 아니긴. 넌 십 년이 지나고 이십 년이 지나도 형한테는 애다."

용민의 그 말에 입술을 삐쭉 내밀었다.
하지만 용민이 말한 것에 반박하지는 않았다.
솔직히 기분이 좋았던 탓이다.
그 십 년, 이십 년 후를 이야기하는 용민의 말이 말이다.
"이 형님이 줄을 좀 놔 줄까?"
"에이, 됐어요. 그만 가서 식사나 해요."
"그러자꾸나."
용민과 소운은 서로 투닥거리고 웃고 떠들며 식당으로 발걸음을 돌렸다.

* * *

잠을 자고 있던 용민의 눈이 번쩍 떠졌다.
이질감 때문이었다.
주변에서 간간이 울리던 짐승들의 잡소리들이 어느 순간 깨끗하게 사라졌다.
그것을 시작으로 목이 찢어져라 울던 귀뚜라미 같은 곤충들의 소리도 뒤를 이어 사라졌다.
무엇보다 이 진득한 살기.
용민이 자리에서 일어났다.
그리고 양팔을 허공에 휘저었다.

"크흣!"

순간 아무것도 없던 허공에서 마술처럼 검은 복면의 사내들이 모습을 드러냈다.

눈에 익은 복면이다.

얼마 전 점창파에서 봤던 그 유령 같던 놈들.

용민이 녀석들의 목을 꺾으며 말했다.

"오늘 밤이었나? 이것 정말 공교롭군."

순간 두 녀석이 실 끊어진 인형처럼 바닥에 주저앉았다.

털썩.

이미 숨을 거둔 후였다.

용민이 나직하게 소운을 불렀다.

"소운."

이미 용민의 움직임에 잠에서 깨어난 소운이 듬직하게 대답했다.

"예, 형님."

"손님들이 오셨다."

용민의 말에 소운의 심장이 두근두근 뛰기 시작했다.

첫 실전의 순간이 온 탓이다.

소운이 질문했다.

"어떻게 해야 할까요?"

그 말에 용민이 어둠을 주시하며 대답했다.

"우선 방에 있는 놈들부터 마무리하고 이야기하자."

그 말이 끝나기 무섭게 소운이 자신의 검을 잡았고, 동시에 방 안 구석구석에서 싸늘한 검명이 울리기 시작했다.

스르르릉!

3

달빛에 모습을 드러낸 은백색 검신들.

"쳐라."

검 세 개가 용민과 소운을 향해 날아들었다.

소운에게는 한 명.

용민에게는 명령을 내린 녀석을 포함해서 두 명.

용민이 나직하게 말했다.

"너흰 지금 선택을 잘못했다. 첫 번째 실수는 너희들이 나눠서 나에게 다가왔다는 것이고, 두 번째 실수는 도망치지 않았다는 것이다."

용민이 바닥에 발을 굴렀다.

퉁!

순간 용민의 신형이 검은 복면인들의 시야에서 사라졌다.

놀란 검은 복면인들이 사방으로 검을 휘두르며 당혹감을 드러냈다.

하지만 그 검은 무용지물에 불과했다.

퍼퍽!

검은 복면인 하나의 가슴을 뚫고 주먹이 튀어나왔다.

"등 뒤다, 병신아."

"끄으으……."

다급하게 반대쪽에 남아 있던 검은 복면인이 용민의 방향을 잡아 검을 휘둘렀다.

하지만 가슴이 뚫려 죽은 검은 복면인이 쓰러지기 전에 용민이 검은 복면 녀석의 안면을 강한 아귀힘으로 부여잡았다.

"어?"

"어는 무슨."

용민은 녀석의 말을 받으면서 그대로 얼굴을 바닥에 내리찍어 눌렀다.

퍼석!

검은 복면의 머리가 수박처럼 터져 나갔다.

즉사한 것이다.

그럼에도 몸은 자신의 죽음을 인정할 수 없다는 듯이 목 위로 피를 철철 흘리면서도 꿈틀거려 댔다.

물론 그 꿈틀거림이 오래가지는 않았다.

그사이 소운과 검을 맞대고 있던 검은 복면 녀석은 뒤에서 무슨 일이 벌어지고 있는지 파악도 하지 못하고 신이 나서 검을 휘두르고 있었다.

용민은 녀석에게 성큼성큼 다가가 머리를 양손으로 잡고 휙 돌려 주었다.

그러자 녀석의 목에서 꽈드득 소리가 나더니 맥없이 툭 꺾였다.

소운과 싸우던 녀석은 자신이 어떻게 왜 죽었는지조차 깨닫지 못하고 숨을 거두고 말았다.

평소라면 용민도 이렇게까지 손속을 잔혹하게 휘두르지 않았을 것이다.

하지만 이들은 자신의 목숨을 노리고 암습해 온 놈들이었다.

용서를 할 가치가 없다고 판단했다.

그래서 머뭇거림 없이 손을 독하게 사용한 것이다.

마치 과거의 절세신마 사야처럼.

용민이 소운에게 말을 걸었다.

"괜찮느냐?"

긴장으로 붉어진 얼굴을 한 소운이 고개를 끄덕였다.

"괜찮아요."

"싸울 수 있겠느냐?"

소운은 조금 전 상대와 검을 맞대던 순간을 떠올리며 다시 고개를 끄덕였다.

"해볼 만한 것 같아요."

용민은 조금 안타까운 시선으로 소운을 바라보았다.

아무리 적이라 해도 자신이 온 현대라면 아이의 손에 피를 묻히게 하지 않을 것이기 때문이다.

그러나 이곳은 적자생존의 세상.

스스로 살아가기 위해서는 누가 강제로 쥐여 주든 혹은 자발적으로 들든 검을 들어야만 했다.

바로 그때였다.

"으아악!"

"적이다! 습격이다!"

채챙! 챙! 챙!

"커헉!"

용민과 소운의 시선이 문밖으로 향했다.

소란이 일고 있었기 때문이다.

적들의 암습이 발각되어 본격적인 전투가 시작된 것이다.

용민과 소운도 계속 여기 있을 수 없었다.

"내 뒤를 따라오거라."

"예, 형님."

문을 박차고 밖에 나가니 이미 눈앞에 지옥이 펼쳐지고 있었다.

우문세가에 자리한 무인들이 속수무책으로 당하고만 있

었던 것이다.

이미 대충 보이는 것만으로도 벌써 절반이 넘는 이들이 다치거나 죽은 것으로 보였다.

그 짧은 시간 동안에 벌어진 일이다.

하긴, 대충 짐작은 했다.

점창파도 그 짧은 시간에 멸문을 했다.

이곳이 일반 중소 방파보다 꽤 큰 편이라곤 하지만, 점창파와 비견될 정도의 세가는 아니었다.

어쨌거나 용민은 이 참혹한 상황을 그냥 지켜볼 생각이 없었다.

자신의 목적을 위해서 이곳을 지켜야 했기 때문이다.

용민이 뒤도 보지 않고 바닥을 구르며 몸을 앞으로 쏘아 보냈다.

가장 적들이 많이 몰려 있는 곳을 향해 용민의 신형이 날아갔다.

용민의 갑작스러운 난입에 유령과도 같은 검은 복면인들이 신속하게 대응을 했다.

물론 막을 수는 없었다.

용민의 쌍장에서 해일과도 같은 경력이 뿜어져 나왔다.

콰과과광!

엄청난 굉음이 터지더니 주위에 자리했던 다섯 명의 검

은 복면인들이 피곤죽이 되어 나가떨어졌다.

그것을 이어 양옆의 두 녀석의 얼굴을 양손으로 움켜쥐었다.

용민의 손가락에 힘이 들어갔다.

순간,

우둑! 우두둑!

용민에게 얼굴을 잡힌 두 녀석의 안면이 무너져 내리는 것을 볼 수 있었다.

용민의 손가락이 녀석들의 안면골을 박살 내며 파고 들어갔던 것이다.

"으악! 아아아아악!"

"끄아아악!"

둘이 폐부에서 터지는 비명을 지르며 전신을 파들파들 떨며 축 늘어졌다.

늘어진 두 녀석을 잡고 무기처럼 사방에 휘두르다가 기세가 무너지고 있는 쪽을 향해 투포환처럼 집어 던졌다.

콰광!

그 덕에 위기에 처했던 우문세가의 식솔들을 구할 수 있었다.

용민은 이곳을 휘젓다가 반대쪽이 불리해지면 다시 그곳으로 이동해 휘저었다.

그런 식으로 우문세가의 식솔들과 지원 무사들이 안전해질 수 있도록 최선을 다해 노력을 했다.

그 와중에 우소연도 세 번이나 위험에서 구해 줄 수 있었다.

그중 한 번은 소운의 도움이 컸지만 말이다.

"고마워요."

우소연이 진심을 담아 감사를 표했다.

용민은 고개를 가로저으며 말했다.

"뒤로 물러서 계십시오. 가주님 곁으로 가시는 것이 안전할 것 같군요."

"가고 싶어도 너무 멀리 떨어져 버렸어요. 이 앞을 뚫고 갈 엄두가 나질 않네요."

"피해를 줄이려면 우선 우문세가의 식솔들을 한곳으로 모아야겠군요."

용민의 말에 우소연이 고개를 끄덕였다.

이렇게까지 피해가 큰 이유는 다름 아니라 모두 각개격파를 당하고 있었기 때문이다.

힘이 어느 정도 응집할 수 있다면 그 피해를 확연하게 줄일 수 있을 것이다.

용민이 말했다.

"제가 길을 만들어 드리죠. 소운."

"예, 형님."

"네가 이 일행들의 뒤를 맡아라. 내가 길을 뚫을 테니."

"알겠습니다."

용민은 소운에게 뒤를 맡긴다는 사실이 편치 못했다.

이들 중 가장 실력이 뛰어나긴 했지만, 가장 어리고 이번 전투가 소운의 첫 싸움이었기 때문이기도 했다.

아차 하는 순간 큰 변이 생길 수 있는 것이다.

검에는 눈이 없는 법이니 말이다.

하지만 지금으로서는 믿을 수 있는 이가 소운뿐이기도 했다.

아무리 어리다고는 하지만 절정급의 고수였기 때문이다.

아마 비슷한 나이대에서 실력으로만 따진다면 역대 후기지수들 중 최강에 속하는 후기지수일 것이다.

용민이 고민을 정리하고 앞으로 나서며 말했다.

"모두 잘들 버티시오."

말을 마치기 무섭게 용민은 자신에게 다가오는 녀석들을 향해 일 장을 날렸다.

그 일 장에 실린 경력에 검은 복면인 셋이 휘말렸고, 날아오던 속도보다 빠르게 뒤로 튕겨 날아갔다.

"커허헉!"

"크흑!"

그 모습을 지켜본 우문세가의 식솔들이 감탄하는 목

소리를 터트리며 전투가 벌어지고 처음으로 밝게 웃었다.

살길이 열렸다고 확신하게 된 탓이다.

"갑시다!"

10장

影徒隨我身暫伴月將影行樂須及春我歌月徘徊我
酒星不在天地若不愛酒 地應無酒泉天地既愛酒愛
一斗合自然但得酒中趣勿醒者傳三月咸陽城千花
萬事固難審醉後失天地兀然就孤枕不知有吾身 此
酒酣心自開辭粟臥首陽 屢空飢顏回當代不樂飲虛

1

용민은 절대무적이었다.

누구도 무엇도 그의 앞길을 막을 수 없을 것 같았다.

한 검은 복면 녀석이 옆구리를 노리고 공격을 해 왔지만, 결과는 용민의 발차기에 안면 하악골을 가격당하고는 그대로 바닥에 심어졌다.

콰과광!

녀석이 심어진 자리에는 깊은 구덩이가 형성되었다.

"자, 다음."

주춤주춤.

"안 오면 내가 간다."

용민의 몸이 화살보다 빠르게 앞으로 쏘아져 날아갔다.

용민의 뻗어 나가는 주먹은 그보다 더 빨랐다.

파앙!

“헙!”

용민의 앞에 원치 않게 자리하게 된 검은 복면인.

헛바람을 삼키며 자신도 모르게 뒷걸음질을 쳤다.

그렇다고 용민은 그냥 놔둘 생각이 없었다.

적이니까.

용민이 주먹을 휘둘렀다.

초식이고 뭐고 없다.

그냥 적이 앞에 있으니 뻗고 보는 주먹질이었다.

하지만 그 파괴력은 그냥 뻗고 보는 주먹질이 아니었다.

콰직!

“쿠엑!”

용민의 주먹이 날아오는 것은 알았지만 피할 수 없었다.

막을 수도 없었다.

정신을 차리고 보니 이미 안면이 무너진 상태로 쌍코피를 터트린 채 허공을 훨훨 날고 있었기 때문이다.

그것은 아무것도 아니었다.

용민의 몸이 분열하더니 앞에 자리하고 있던 검은 복면

녀석 일곱의 앞에 하나씩 모습을 드러내는 것이 아닌가.
마치 분신술처럼 말이다.
엄청난 속도로 움직이는 것이 분신술로 보였던 것이다.
"녀석을 막아라!"
한 녀석이 소리치자 검은 복면인들은 자신의 앞에 갑자기 나타난 용민을 향해 검을 휘둘렀다.
그러나 용민의 주먹과 발이 그들의 검보다 더 빨랐다.
그리고 강하기까지 했다.
퍼벅! 퍽퍽퍽퍽퍽!
빠걱!
일곱의 검은 복면인들이 부러지거나 가루가 된 치아를 흩뿌리며 실 풀린 연처럼 나가떨어졌다.
용민의 자신의 주먹을 내려 보았다.
이 찰진 손맛이라니!
"이거 정말 신명 나는구만. 이게 얼마만에 보는 주먹맛이냐."
용민은 자신의 검인 무현을 뽑아 들지도 않은 상태로 적들을 상대했다.
뽑을 만한 이유가 없었기 때문이다.
주먹 하나로도 충분한데 괜히 칼까지 꺼내기 귀찮았던 탓이다.
사실 음식 맛이 손맛인 것처럼 구타의 맛도 주먹을 따

라올 수는 없었다.

이 짜릿한 타격감에 용민은 흥이 절로 났다.

용민은 그 흥을 이기지 못하고 콧노래를 흥얼거리기까지 했다.

용민의 영원한 형제 소운조차 용민이 악당으로 보일 지경이었다.

소운은 그런 용민을 다른 이들이 색안경을 끼고 볼까 싶어 걱정이 되었다.

허나 그 걱정은 쓰잘데기 없는 기우에 불과했다.

소운을 제외한 용민을 따르는 이들은 경외하는 표정으로 용민을 우러러보았다.

성격에 문제가 좀 있으면 어떤가.

싸우다 보면 이성 좀 잃고 뭐, 그럴 수도 있지.

강력한 힘으로 자신들을 지금 구해 주고 있지 않는가.

라고 생각하는 것 같았다.

그렇게 얼마나 많은 검은 복면들을 물리쳤을까?

정신을 차리고 보니 용민이 이끌고 있던 우문세가 식솔의 수가 두 배 넘게 늘어 있었다.

용민이 주먹질을 하면서 흥에 겨워 정신 사납게 질서없이 마구자비로 움직인 것 같았지만, 사실은 모두 우문세가 식솔과 무인들을 구하기 위해 움직였던 것이었다.

모두들 똘똘 뭉쳐 용민의 뒤를 따랐다.

그때 우소연이 놀란 목소리로 소리쳤다.

"할아버님!"

검은 복면인들에게 둘러싸여 수세에 몰리고 있는 우중천이 저 앞에 보였기 때문이다.

용민도 그것을 봤다.

우소연이 검을 잡고 앞으로 신형을 날리려고 하자 용민이 막았다.

"제가 가지요."

그 말을 남기기가 무섭게 용민의 신형이 눈앞에서 사라졌다.

마치 연기처럼 말이다.

2

파칭! 챙!

"네 녀석들을 모두 죽이고 죽겠다!"

우중천의 입에서 피를 토하는 듯한 일갈이 터져 나왔다.

눈앞에서 스러져 가는 식솔들.

구할 수가 없었다.

지금 자신의 몸 하나 건사하기도 힘든 상황이었기 때문이다.

슬프지만 지금은 우는 것도 사치였다.

먼저 떠난 이들을 위해 자신이 할 수 있는 일을 해야 했다.

이 망할 녀석들을 한 놈이라도 더 죽여서 길동무로 보내는 것이었다.

안타까웠다.

조금만 더 신경을 썼다면.

더 긴장을 했다면.

작금의 피해가 이렇게까지 크지 않았을 것이란 생각이 머릿속을 지배하고 있었기 때문이다.

"내 나름 충분히 경종을 울리고 준비를 했다 생각했는데, 내 오판과 오만에 불과했구나. 점창파가 무너졌다고 했는데, 난 어째서 이 정도로 충분하다고 생각했던 것일까?"

모든 것이 허탈하게만 느껴졌다.

용민을 조금 더 믿었어야 했다고 때늦은 후회가 밀려왔다.

우중천은 입술을 질끈 깨물고 분노로 붉게 충혈된 눈으로 적들을 쏘아보며 검을 내질렀다.

서억!

검은 복면인 하나가 가슴에 깊은 상흔을 남기고 쓰러졌다.

하지만 그 대신이랄까.

갑자기 나타난 고수에 자신의 팔에도 자상이 생겼다.

"큭!"

갑작스러운 고통에 놀라 검을 놓칠 뻔했다.

다행스럽게도 검을 놓치지는 않았지만 손아귀에 힘이 덜 들어가기 시작했다.

그럼에도 정신을 집중하고 앞을 봤다.

짧은 관찰의 결과 최소 자신과 평수를 이를 정도의 고수로 보였다.

그가 나타나자 주위의 검은 복면인들이 슬쩍 한 걸음 뒤로 물러섰다.

그나마 다행이라고 해야 할까?

물론 긴장의 끈을 놓치지 않았다.

우중천은 상대를 향해 분노를 담아 질문했다.

"네 녀석들은 대체 누구냐."

그는 승자의 여유를 부리는 것이었을까?

지금까지 그 어떤 질문을 던져도 묵과하던 다른 복면인들과 달리 대답을 해 왔던 것이다.

"그게 그렇게 궁금한가?"

대답을 굳이 기대하지 않은 상태로 질문은 던졌었지만 우중천은 그의 대답이 달가웠다.

작은 의문이라도 풀 수 있을지도 모른다는 실낱 같은

기대감이 어렸다.

"단성문과는 어떤 관계인가?"

"큭큭. 글쎄?"

"혹 그들의 사주를 받은 것이냐?"

그 말에 복면인은 즐거워 미치겠다는 듯 웃음을 흘리기 시작했다.

"큭큭큭큭큭큭큭큭큭. 사주라고? 큭큭큭. 누가 누구를 사주한단 말이냐? 그 단성문 찌끄래기들이 감히 우리를 사주한다고?"

"그럼 대체 왜 우리를……."

"흠, 글쎄? 높은 분들의 뜻을 우리 같은 이들이 어찌 알겠나. 다만 짐작은 하고 있지."

"짐작? 무슨 짐작이지?"

"정원을 다듬는 와중에, 거슬리는 잡초가 자라고 있는 것을 봤을 때 자네 같으면 어떻게 하겠는가? 놔둬도 크게 상관은 없지만 미관을 해치는데 그냥 놔둬야 할까?"

"우리가 잡초라는 말이냐!"

으득.

"그럼 뭐라고 생각했나? 너희 따위가 무슨 나무라도 된다고 생각했나? 아니면 꽃?"

사내는 연신 비웃음 가득한 어투로 우중천의 속을 뒤집었다.

“잡초로나마 평가해 준 것을 고맙게 생각해라. 쓰레기보다는 낫지 않나?”

“이놈!”

우중천은 참을 수 없었다.

대화는 더 필요가 없다고 판단했다.

고통에 익숙해졌는지 손아귀의 힘도 어느 정도 돌아왔고 말이다.

우중천이 신형을 바람처럼 움직이며 자신의 앞에서 이죽거리고 있는 복면인을 향해 출수했다.

복면인은 자신의 검을 마주 뻗어 방어를 했지만, 우중천의 검이 마치 살아 있는 생명체마냥 움직이며 복면인을 공략했다.

휘익.

바람 소리가 일어나는 듯 느껴졌다.

챙! 채챙!

번쩍!

순식간에 수 합이 오갔다.

복면인은 조금 놀란 듯 주춤 뒤로 몸을 움직였다.

이내 곧 여유를 찾은 듯 다시 마주 공격을 시도했지만 말이다.

“그래, 재밌구나! 명색이 한 세가를 이끄는 가주라면 이 정도는 해 줘야지. 크큭!”

"그 여유가 네 녀석의 목을 떨어트리게 만들 것이다."
"글쎄. 이 실력이 전부라면 아마 힘들 텐데?"
그 말에 우중천이 이를 드러내며 웃었다.
"웃어?"
복면인의 말이 끝나기 무섭게 우중천의 검에서 옅은 기운이 맺히기 시작했다.
고오오오.
그의 검 끝에서 작은 바람이 일기 시작하는가 했는데, 순식간에 와선강풍의 소용돌이가 피어났다.
그것을 본 복면인의 입이 다물어졌다.
단순히 봐도 결코 가볍게 넘길 수 없는 비장의 수임을 모를 수 없었기 때문이다.
"잡초의 끈질긴 생명력이 얼마나 지독한지 몸으로 느껴보거라! 우문세가 가주만이 익히는 맹룡검결 최후의 초식이다! 맹룡승천!"
쿠구구구구!
검에서 일어난 기운은 엄청난 흡입력을 보이며 복면인의 움직임을 봉쇄하는 것도 모자라 공격 허용 범위까지 끌어당겼다.
그때 의아한 일이 벌어졌다.
복면인이 갑자기 자신의 검을 버리더니 양팔을 허공에 휘두르기 시작한 것이다.

가볍게 휘두르고 있는 것 같았는데, 그 위력은 맹룡승천과 비견해 크게 떨어지지 않음을 알 수 있었다.

동시에 우중천의 눈빛이 어둠으로 물들기 시작했다.

지금 복면인의 정체를 파악할 수 있었기 때문이다.

사외의 세력 중 포달랍궁의 고수.

흑문쌍수 무직호.

지금 이 무공은 그의 독문절기인 흑풍마룡이었던 것이다.

지금까지 그가 검을 들고 있었던 것은 말 그대로 눈속임을 위한 행위였다.

정말 자신이 생각한 그라면 우중천 자신보다 한 수 위의 고수.

지치고 부상당한 지금의 자신이 절대 혼자서 상대할 수 있을 리 없었다.

우중천의 입에서 침음성이 흘러나왔다.

"설마 새외 세력이 사무련과 손을 잡았단 말인가!"

콰광! 쿠구구궁!

두 강기의 충돌로 강력한 기파가 퍼지며 엄청난 굉음이 터져 나왔다.

그리고 그 기세 싸움에서 밀린 우중천의 몸이 허공에 붕 떠서 날아올랐다.

"크악!"

우중천의 입에서 피 화살이 터져 나왔다.

이대로 바닥에 곤두박질치려나 싶었던 찰나.

몸이 부드러운 기운에 감기는 것을 느낄 수 있었다.

그 기운 덕에 떨어지는 속도가 감속되고 있는 와중 친숙한 목소리가 우중천의 고막을 자극했다.

"후, 다행히도 늦지는 않았습니다."

힘겹게 눈을 뜬 우중천이 자신을 안아 든 사내를 보며 놀랐다.

"자, 자네……."

우중천을 안아 든 사내, 용민은 환하게 웃으며 말을 마저 이어 나갔다.

"지치셨을 테니 제가 마무리를 할 동안 조금 쉬십쇼."

쉬익!

무중력감.

순간 우중천은 자신의 몸이 어딘가로 날아가고 있는 것을 느낄 수 있었다.

곧 누군가가 슬픔과 기쁨이 가득한 목소리로 자신을 부르는 것을 들을 수 있게 되었다.

"할아버님!"

"소연?"

지금 상황이 어떻게 된 것인지 파악을 하기도 전에 소연의 목소리가 연이어 들려왔다.

그 말은 우중천 자신에게 하는 말이 아닌 자신을 안고 있던 이.

용민에게 하는 말이었다.

“용민 공자님, 정말 감사해요. 정말 정말 감사해요.”

“아닙니다. 우선 이곳에서 가주님의 몸을 추스르십시오. 그리고 여기.”

용민은 자신의 품 안에서 뭔가를 꺼내 소연에게 건넸다.

금창약과 작은 상자였다.

“이것이 무엇이죠?”

“소림의 소환단입니다.”

평소라면 겸양의 말을 하며 거절을 하였을 우소연이었지만, 입술을 질끈 깨물던 그녀는 고개를 숙여 인사했다.

“소중하게 사용하겠습니다.”

“어르신께서 내상이 심하시니 이것을 드시게 하고 가볍게 운기를 진행하여 진탕된 내기를 안정시키십쇼.”

“알겠습니다. 감사합니다.”

우소연의 큰 봉목에서 눈물이 또르르 흘러내렸다.

그러나 용민은 그녀의 눈물을 볼 수 없었다.

이미 그의 신형이 다시 조금 전 우중천을 구했던 장소를 향해 날아가고 있었기 때문이다.

*　　*　　*

복면을 뒤집어쓰고 있던 흑문쌍수 무직호는 당혹스럽기가 이루 말할 수 없었다.

갑자기 우중천을 구하고 눈앞에서 사라진 사내 때문이었다.

그러던 중 뒤늦게 저 멀리서 우중천을 우문세가 식솔들에게 건네고 있는 사내를 발견할 수 있었다.

이를 갈며 그곳을 향해 수하들에게 공격을 하라는 명령을 하달했다.

"저놈들의 씨를 말려라!"

수하들이 명을 받고 신형을 날리던 바로 그 순간.

"네 목숨은 별로 중요하지 않나 봐?"

"뭐?"

놀라 뒤를 돌아봤더니 조금 전까지만 해도 저편에서 우중천을 건네고 있던 사내가 짜증이 섞인 웃음을 지으며 서 있는 것이 아닌가.

흑문쌍수 무직호는 상황의 파악하기에 앞서 본능적으로 출수를 했다.

그것을 본 용민이 두 눈을 희번덕거리며 말했다.

"그 필요 없는 목숨 가져가 주마."

용민의 주먹이 뒤늦게 출수를 하며 흑문쌍수 무직호가

뻗은 주먹과 맞부딪혔다.

놀라운 일이 벌어졌다.

흑문쌍수 무직호의 강철과도 같은 주먹이 순두부처럼 무너져 내리더니 그의 가슴팍까지 파고든 용민의 주먹이 흑문쌍수 무직호의 가슴뼈를 함몰시켰던 것이다.

우두둑!

"꺼으……."

흑문쌍수 무직호는 자신의 죽음이 믿어지지 않는 듯 눈을 동그랗게 뜨고 숨을 멈추었다.

서장의 악명을 날리던 고수의 죽음치고는 너무 허무한 죽음이었다.

용민은 녀석의 죽음을 확인하기가 무섭게 투덜거리며 다시 신형을 날려야만 했다.

"바쁘다, 바빠."

지금 우중천이 속한 저 무리는 흑문쌍수 무직호의 명을 받아 공격에 들어간 검은 복면인 무리들을 모두 상대할 정도의 전투력이 없었기 때문이다.

3

퍼억!

우두둑!

"쨱!"

용민의 주먹에 검은 복면인들의 얼굴이 뭉개졌고 피와 함께 하얀 치아가 사방으로 튀었다.

잡고 박고 치고 까고 밟고 누르고 쑤시고.

인간이 몸으로 할 수 있는 모든 공격법을 검은 복면인들에게 사용하고 있었다.

약 400명에 달했던 검은 복면인들 중 서 있는 사람을 제외하고 바닥에 누운 수는 240명을 넘어가고 있었다.

지금 서 있는 이의 수는 150명 정도라는 뜻이다.

쓰러진 이들 중 200여 명이 용민에게 당했는데, 그들 중 숨을 쉬는 사람은 단 한 명도 없었다.

용민은 가차없이 상대의 목숨을 끊었던 것이다.

이런 놈들은 굳이 살려 봐야 득될 것 없다는 판단에서였다.

이제 모든 검은 복면인이 용민만을 견제하기 시작했다.

우문세가의 사람들을 건들려고 하면 용민에게서 돌이든 검이든 부러진 날이든 주먹이든 날아와 숨을 거둬 갔기 때문이다.

우선 용민을 처리하자고 암묵적 합의가 이뤄지게 된 것이다.

하지만 이것은 용민이 원한 결과였다.

자신에게 집중되면 용민으로서는 다른 곳에 신경 쓰며

발품을 팔지 않아도 되기 때문이었다.

다른 곳에 일일이 신경 쓰고 행동하는 것.

은근히 힘들고 번거롭고 귀찮은 일이었다.

자신에게 이렇게 집중되어 있다면 그 귀찮은 일을 모두 접고 오는 놈들만 처리하면 되는 일 아니겠는가.

물론 이런 생각은 용민이니까 할 수 있는 것이었다.

말도 안 되는 실력이 바탕이 되니 말이다.

사실 검은 복면 녀석들도 자신들이 다른 곳에서 깔짝거리는 것이 용민의 신경을 빼앗는다는 사실을 몰라서 용민에게 집중한 것은 아니었다.

용민이 너무 강력해서 각개로 흩어져 있으면 대응도 못하고 죽어 나자빠지니 어쩔 수 없어서 뭉친 것이었다.

검은 복면인들은 처음엔 목숨도 불사하며 덤비던 모습을 보였는데, 이제는 조심스러운 모습을 보이고 있었다.

아무리 초개처럼 목숨을 버릴 수 있다고 해도 그것이 효과가 있어야 죽을 명분이 되는데, 지금 덤비면 덤비는 족족 옷깃도 스치지 못하고 죽어 나자빠지니 처음으로 죽음이 아까워진 것이다.

두려움이 아니라 말 그대로 헛죽음이 싫은 것이다.

검은 복면인들, 즉, 혈노들에겐 용민이 목숨을 회수하는 존재처럼 보일 지경이었다.

용민이 잠시 기다리다가 혈노들이 더 이상 덤비지 않으

려는 사실을 깨닫고는 피식 웃었다.

"오긴 오는 거냐? 기다리다가 늙어 죽겠다."

용민이 노골적인 도발을 던졌음에도 혈노들은 꼼짝도 하지 않았다.

감정의 변화조차 찾을 수 없었다.

"어쩔 수 없이 내가 가야겠……. 흠, 설마…… 기다린 거냐?"

용민의 말에 혈노들은 무슨 소리를 하냐는 듯한 시선을 던졌다.

그것을 본 용민이 자신의 머리를 긁적이며 말했다.

"아닌가? 어쨌든, 지원군이 온 모양인데 저들이 들어오기 전에 최대한 머릿수를 줄여 놔야 우리 편이 조금 여유롭겠지?"

혈노들은 용민이 뭔 개소리를 하는지 아직도 이해하지 못했으나, 한 가지는 확실하게 알았다.

용민이 이젠 기다리지 않고 직접 공격을 가해 올 것이란 사실을 말이다.

혈노들은 그 말을 깨닫기 무섭게 방어 태세를 갖췄다.

만일 혈노들의 정체를 알고 있는 이들이 이 장면을 봤다면 두 눈을 비비고 다시 확인했을 것이다.

혈노들에게 자발적인 방어라는 행동은 있을 수 없는 것과 다름없었기 때문이다.

혈노들은 죽더라도 공격을 가해 상대방을 제압하거나 제압하는 데 일조하는 것이 존재의 이유였던 탓이다.

용민은 녀석들이 온전하게 방어하기를 굳이 기다려 주지 않았다.

지금까지 박투술만 하던 용민이 처음으로 자신의 허리에 매달려 있는 애검 무현의 손잡이를 잡았다.

무현의 손잡이를 잡으며 의미심장한 한마디를 내뱉었다.

"오랜만에 검을 잡은 김에 내가 재밌는 것을 보여 주지. 모두 기대해도 좋아."

스릉!

검집에서 검이 빠지며 우는 소리가 나기 무섭게 좌에서 우로 그어졌다.

순간.

은빛의 실 한 가닥이 세상에 모습을 드러냈다.

전혀 위협적이지 않은 작은 실이었다.

그 은의 실은 바람에 흔들리듯 일렁이며 날아갔고, 소리 소문 없이 뻗어 나간 그 아름다운 실은 혈노 사이에 자연스럽게 스며 들어갔다.

대체 무슨 일이 있었는가 싶을 정도로 아무런 현상이 일어나지 않았다.

뭔가 싶었지만 의문도 잠시, 자신들의 근처로 온 적,

용민을 잡기 위해 각자 무기를 뽑아 들거나 휘두르려던 바로 그 순간.

믿어지지 않는 일이 벌어졌다.

스르르륵!

"어?"

그 은의 실이 닿았던 이들의 몸의 부위가 원래 자리를 이탈하기 시작한 것이다.

쩌저저저적!

투둑! 투두두둑!

몸의 부위가 바닥에 떨어진다.

팔이 닿았던 이들은 팔이.

다리가 닿았던 이는 다리가.

몸이 닿았던 이는 몸이.

투두두둑!

순식간에 토막이 나더니 단순한 고깃덩어리로 변하고 만 것이다.

피식!

푸슈슈슉!

그 조금 전까지만 해도 사람의 육신이었던 그 덩어리들의 단면에서 피가 뿜어진다.

그렇게 아무런 손도 쓰지 못하고 죽어 나자빠진 혈노의 수는 총 여섯.

부상을 입었지만 팔이나 다리가 잘려 전투 불능에 가까운 치명상을 입은 이들의 수는 다섯이나 되었다.

너무 아름답고 매혹적인 그 얇고 가는 은빛의 실은 사실 죽음의 실과 같은 것이었다.

무엇인가 베이는 소리도 없이 모든 것을 잘라 버리는 저주받은 실.

이 말도 안 되는 현상을 목격한 이들은 적아를 막론하고 경악을 금치 못했다.

세상에 이런 무공이 있다는 것을 들어 본 적도 상상해 본 적도 없었기 때문이다.

용민이 도움을 주고 있는 우문세가 측에서 흘러나온 한 마디.

"사, 사술인가!"

충분히 그러한 말이 나올 만도 한 상황이었다.

혈노들도 그런 생각을 하고 있었으니 말이다.

하지만 모두들 이것을 사술로 받아들이지 않았다.

이 자리에 하수는 없었기 때문이다.

보고 경험하자 이것이 이론적으로 불가능한 무공이 아님을 깨달은 것이다.

물론 그렇다고 누구나 할 수 있는 무위는 결코 아니지만 말이다.

단순하지 않은 것이지만 단순히 설명을 하자면 강기를

인위적으로 얇고 길게 뽑아낸 것이다.

그게 무슨 말이냐면 강기의 사용이 수급을 사용하는 것처럼 자연스러운, 엄청날 정도로 뛰어난 초고수라는 뜻이다.

대부분 검에 강기를 싣는 고수들은 그 힘에 휘둘리기 십상이다.

그런데 그 강기를 압축해서 작은 실처럼 만들어 공기 중에 풀어낸다?

이건 너무나도 비현실적인 일이었다.

용민에게 혈노들 전부가 처음으로 공포감을 느끼기 시작했다.

반면에 우문세가의 안목이 높은 이들은 승리의 신이 자신 측에 있음을 깨닫고 소리없는 환호를 터트렸다.

이것만 봐도 용민이 지금까지 드러내지 않고 숨겼던 진짜 실력이 얼마나 되는지 감도 잡히지 않았기 때문이다.

용민이 씨익 웃으며 말했다.

"다들 잘 봤지? 어때 볼만들은 했나? 내 배려를 이해했나?"

혈노들이 '배려라니 무슨 개소리냐' 라는 듯한 시선으로 자신을 보자 용민이 어깨를 으쓱거렸다.

"갑자기 숨을 거둬도 어떻게 죽었는지 궁금해하지 말라고."

지금까지 그 어떤 상황에서도 비명이나 신음 외에 자신의 의견이나 감정을 입 한 번 뻐끔거리지 않던 혈노들 사이에서 어떤 혈노가 소리쳤다.

"씨발, 그딴 것도 배려냐!"

그 외침이 터지기 무섭게 용민이 그 말을 한 혈노의 모가지를 움켜잡으며 빙긋 웃으며 말했다.

"그래, 배려다. 병신아."

우둑!

그것을 시작으로 병아리 떼 사이에 호랑이, 아니, 혈노 사이에 용민이 날뛰기 시작했다.

*　　　*　　　*

수하들을 이끌고 뒤늦게 모습을 드러내 장내를 살펴보던 노인의 눈썹이 꿈틀거렸다.

이번 일은 손 쉬운 일이라 판단했기에 느긋하게 움직이며 멀리서 지켜만 보기로 했는데, 막상 현장에 와서 상황을 보니 분위기가 이상하게 흘러가고 있는 것이 아닌가.

상인께서 내려 주신 혈노를 400명이나 보냈는데, 지금 살아 있는 혈노들은 대강 눈대중으로 계산해도 130명이 조금 넘을 뿐이었다.

그에 반해 이미 모두 죽어 나자빠졌어야 할 우문세가의

녀석들은 끽해 봐야 80~90명 안팎의 사상자만 보인 채 한곳에 모여 긴장한 모습을 보여 주고 있었다.

노인이 손을 뻗으며 노한 목소리로 말했다.

"이건 무슨 일이지? 그리고 저놈은 대체 무엇이지?"

노인이 가리킨 곳에 용민이 자리하고 있었다.

용민은 마치 물 만난 고기마냥 유령처럼 움직이고 있던 혈노(血奴: 피의 종)들을 학살하고 있었던 것이다.

용민의 움직임은 독보적이었다.

보고 싶지 않아도 눈에 띄지 않을 수 없었다.

그것을 본 노인의 심기가 꽤나 불편해진 모양이었다.

노인의 정체는 바로 철혈혈보 소율모였다.

얼마 전 점창파 장문인을 직접 죽이고 점창파를 멸문지화시킨 장본인이 이곳에 다시 모습을 드러낸 것이었다.

철혈혈보 소율모의 제자가 나서서 대답했다.

"제자가 다녀오겠습니다."

제자로서는 자신의 스승인 철혈혈보 소율모가 쉬기를 바랐다.

얼마 전 무리하여 작은 내상도 입지 않았던가.

물론 지금 다 치유가 되었다고는 하지만, 그래도 제자의 입장에서 스승이 걱정되는 것은 어쩔 수 없었다.

사실 오늘 철혈혈보 소율모가 현장에 늦게 나온 것도 제자가 조금 쉬라고 간언했기 때문이기도 했고 말이다.

지금에 와서 생각해 보니 철혈혈보 소율모는 제자의 말을 듣지 말고 평소처럼 계획대로 움직였어야 했다며 후회를 했다.

만일 그랬다면 피해가 이토록 커지는 것을 막을 수 있었을 것이라는 판단 때문이었다.

하지만 이미 지난 일.

아무리 후회는 빨라도 늦은 법이다.

이미 사건이 벌어지고 난 후에 하는 것이 후회기 때문이다.

제자가 말을 마치고 신형을 날릴 준비를 하던 찰나 철혈혈보 소율모가 그의 행동을 막았다.

"그만둬라."

"제자를 믿어 주십시오. 제가 해결을 볼 수 있습니다.

그러나 제자의 자신감 넘치는 말에도 철혈혈보 소율모는 고개를 가로저었다.

"네가 상대할 수 있는 자가 아니다."

그 말을 남긴 철혈혈보 소율모의 신형이 앞으로 쏘아져 나갔다.

그것을 목격한 제자와 수하들이 다급하게 그 뒤를 쫓았다.

至尊降臨

11장

1

쐐에엑!

병아리들, 아니 혈노들 사이를 펄쩍 뛰어다니며 대량으로 학살하고 있던 용민이 시원하게 뻗어 가던 주먹을 회수하며 몸을 뒤로 뺐다.

철혈혈보 소율모가 살기를 흘리며 날아오더니 검을 쏘아 보낸 탓이다.

쾅!

용민이 피하고 난 자리에 바닥이 움푹 파이며 거대한 구덩이가 생겼다.

이것이 단순히 검을 쏘아 보낸 결과라고 누가 상상이나

할 수 있겠는가.

사방으로 흙먼지가 퍼져 나갔다.

"이 사건의 최종 보스가 등장한 건가?"

용민이 이죽거리며 말을 하자 용민의 현대어를 이해하지 못한 철혈혈보 소율모가 인상을 구기며 말했다.

"네 녀석은 누구냐?"

그 말을 하면서 팔을 뻗은 철혈혈보 소율모의 손아귀로 조금 전 날린 검이 날아와 잡혔다.

허공섭물을 자유자재로 사용하는 고수다.

용민은 그것을 보며 "호오!" 하며 감탄하는 모습을 보여 주었다.

하지만 그 모습은 누가 봐도 놀라거나 긴장 혹은 두려워하는 모습이 결코 아니었다.

마치 좀 하는구나 싶은 수준의 모습이었다.

용민의 반응을 이해하지 못할 철혈혈보 소율모가 아니었다.

속에서 불길이 타오르기 시작했으니 말이다.

그러나 분노를 누르며 다시 질문했다.

"정체가 뭐냐."

"듣고 싶으면 먼저 자기소개부터 해야 하는 게 옳지 않나?"

"어린 녀석이 간덩이가 부었구나."

바로 그때 용민의 등 뒤에서 침음성이 어린 목소리가 흘러나왔다.

"이럴 수가. 철혈혈보 소율모라니."

용민도 익히 아는 목소리였다.

바로 우중천의 목소리였기 때문이다.

"누군지 아십니까?"

조금 전 용민이 준 소환단으로 내기를 다스린 탓에 상태가 상당히 회복된 우중천이 흔들리는 목소리로 대답을 해 주었다.

"사파연합 사무련에 속한 십이존자 중 한 명이라네."

사무련의 십이존자!

그 한마디에 우문세가의 사람들이 크게 술렁이기 시작했다.

철혈혈보 소율모가 대꾸했다.

"눈이 먼놈들만 있는 것은 아니었군."

그 한마디가 기폭제가 되었다.

"저저, 정말, 시, 십이존자란 말인가!"

"이럴 수가!"

"우린 무덤에 기어 들어온 것이었나?"

사람들이 이런 절망적인 반응을 보이기에 충분한 이유가 있었다.

십이존자.

그 단어는 사파연합의 절대 고수를 지칭하는 이름이었기 때문이다.

절정이니 초절정이니 수준이 아닌 화경급의 고수들만이 얻을 수 있는 이름이었기 때문이다.

물론 절정도 초절정도 엄청나게 대단한 경지다.

정파 무림 100대 고수 안에 포함되어 있는 우중천도 초절정 고수였으니 말이다.

그러나 화경은 그 범위를 달리했다.

구대문파의 장문인이나 그에 준하는 이들도 겨우 오를 수 있을 법한 경지다.

그러다 보니 사람들은 화경의 경지에 오른 이들을 이렇게 불렀다.

초인(超人).

인간을 초월한 존재.

그런 존재가 이곳에 모습을 드러낸 것이다.

우중천이 경악을 금치 못하고 있는 사실은 그것 때문만은 아니었다.

조금 전에 자신과 맞서던 새외 무림에 위치한 포달랍궁에서 유명한 초절정 고수인 흑문쌍수 무직호가 떠올랐기 때문이다.

"아니기를 바랐건만, 새외 무림이 사무련과 연합을 한 것이 진정 사실이었구나!"

그 말에 철혈혈보 소율모의 표정이 꿈틀거렸다.

그러자 즉시 옆에 있던 수하가 뭐라고 말하자 짜증이 난다는 표정을 지었다.

대충 분위기를 보건대 흑문쌍수 무직호의 죽음을 이야기 한 것 같았다.

철혈혈보 소율모가 인상을 구기며 말했다.

"쓸데없는 사실까지 알아냈구나. 너의 그 한마디로 이 자리에 있는 모든 생물은 벌레조차 남기지 않고 죽게 될 것이다."

그 한마디에 우중천과 우문세가의 식솔들은 절망에 빠진 표정을 지었다.

화경의 고수가 하는 한마디의 무게는 그렇게 큰 것이었다.

그때였다.

바로 옆에서 비웃음 소리가 터진 것은.

"풋!"

누군지 찾아볼 것도 없었다.

철혈혈보 소율모의 바로 앞에서 용민이 대놓고 웃음을 흘리고 있었으니 말이다.

"이 천둥벌거숭이 같은 녀석!"

"아, 미안. 그냥 듣자니 너무 웃겨서. 그러니까 네가 감히 나를 죽일 수 있다고 말하는 것이잖아."

처음엔 웃으면서 하던 말이 서서히 묵직해지더니 마지막에 와서는 분노와 살의가 진득하게 어리기 시작했다.

쿠궁!

갑자기 터져 나오는 강력한 기운 앞에 우문세가의 식솔들은 물론이거니와 철혈혈보 소율모조차 놀라 눈을 크게 치켜떴다.

고오오오오!

용민의 주변으로 거대한 유형의 기운이 일렁이는 것이 육안으로 보였다.

"너 따위가 감히 본좌를!"

"우웃!"

철혈혈보 소율모의 입에서 자신도 모르게 신음이 흘러나왔다.

순간 철혈혈보 소율모의 등에서 오싹한 한 줄기의 기운이 느껴졌다.

철혈혈보 소율모는 무의식적으로 검을 들어 올렸다.

그와 동시에 처청! 거리는 소음과 폭음이 터지더니 철혈혈보 소율모의 검에서 불똥이 터져 나왔다.

이 불똥은 금속끼리 부딪히며 생기는 불똥이 아닌 강기끼리 충돌하며 압축된 공기가 기화한 탓에 생성된 불똥이었다.

철혈혈보 소율모의 몸이 가볍게 휘었다.

무형의 기운이 그의 머리 위를 스쳐 지나갔다.

등줄기가 축축하게 젖어 들었다.

자칫 머뭇거렸다면 목이 잘려 나갔을 뻔했기 때문이다.

철혈혈보 소율모의 표정에서 여유고 놀람이고 모두 가시고 긴장감만이 어리기 시작했다.

이 한 수로 알 수 있었다.

눈앞의 이 어린 녀석이 자신과 동일하거나 그 윗줄의 고수라는 사실을 말이다.

이렇게 새파랗게 어린 놈이 화경이라니!

믿어지지 않았지만, 믿지 않을 수도 없었다.

용민의 비현실적인 실력을 자신이 직접 경험하고 있었기 때문이다.

용민의 검은 소리 소문없이 연신 뻗어 나왔다.

차차창! 창!

철혈혈보 소율모가 힘겹게 용민의 공격을 방어해 나갔다.

그때 초절정급의 철혈혈보 소율모의 제자와 절정의 실력을 지닌 수하 셋이 상황을 파악하고 앞으로 튀어나왔다.

철혈혈보 소율모를 거들어 주고자 했던 것이다.

하지만 그것은 철혈혈보 소율모가 원했던 것이 아니었다.

"안 된다! 물러서라!"

그 외침은 안타깝게도 너무 늦게 터졌다.

용민의 뒤차기가 수하 한 녀석의 안면에 시원하게 틀어박혔다.

퍼억!

절정의 실력을 지닌 수하의 머리가 수박 터지듯이 터져 사방에 비산했다.

그리고 다른 수하 둘은 복부와 가슴에 머리통만 한 구멍이 뚫린 채 숨을 거뒀다.

말 같지도 않은 상황.

비현실.

있어서도 있을 수도 없을 현실.

철혈혈보 소율모의 제자는 놀라 눈을 동그랗게 뜬 상태로 굳어 버리고 말았다.

이 상황이 악몽처럼 느껴졌던 것이다.

철혈혈보 소율모가 신음처럼 한마디를 흘렸다.

"미련한 녀석들……."

그 한마디에는 용민에 대한 분노와 저주가, 그리고 수하들에 대한 안타까움이 동시에 묻어 나왔다.

이런 꼴을 보려고 키운 수하들이 아니었던 탓이다.

그동안 자신의 손과 발처럼 움직이던 놈들에게 정이 어찌 안 들 수 있겠는가.

아무리 잔혹한 사파의 마인이라 해도 말이다.

제자가 눈치를 보며 간격을 벌리기 위해 움직이려 하자 철혈혈보 소율모가 말문을 열어 그의 움직임을 막았다.

이번엔 늦지 않게 말이다.

"움직이지 마라."

우뚝!

"지금 긴장해라. 그리고 상황을 봐서 빠져라. 그렇지 않으면 저 녀석들 꼴이 날 것이다."

"하지만……."

"이것은 화경의 고수들의 싸움이다!"

"……!"

그 한마디에 모든 변명이 머릿속에서 사라졌다.

철혈혈보 소율모가 무슨 말을 하고자 하는지 바로 이해할 수 있었기 때문이다.

그것을 지켜보던 용민이 다시 말문을 열었다.

"너 지금 착각하는 게 하나 있어."

"무슨 소리냐!"

"이것은 싸움이 아니야. 나의 일방적인 학살극이지."

용민의 말에 철혈혈보 소율모가 대꾸하려 했지만 말을

이을 수 없었다.

용민의 날카로운 검극이 자신 안을 찔러 들어왔기 때문이다.

"칫!"

맞대응이 불가능했다.

결국 철혈혈보 소율모는 몸을 빼서 뒤로 거리를 벌릴 수밖에 없었다.

바로 그 순간 철혈혈보 소율모의 두 눈이 크게 치켜떠지며 충혈되었다.

보고 싶지 않은 장면을 목격한 탓이다.

"아, 안 돼!"

용민이 철혈혈보 소율모에게 찔렀던 검을 휘둘러 거대한 강기 덩어리를 만들더니 그것을 그대로 자신의 제자에게 날려 보냈던 것이다.

제자는 멍하니 있다가 자신에게 날아오는 강기 덩어리를 보고 놀라 몸을 피하려 했지만, 몸의 움직임은 생각보다 느릴 수밖에 없었다.

콰광!

철혈혈보 소율모의 가슴이 서늘해졌다.

동시에 표정이 보기 좋게 구겨졌다.

제자의 쇄골 아래 하반신이 혈수가 되어 사라진 장면이 동공에 맺혔기 때문이다.

덜렁거리는 두 팔과 아직도 상황 파악하지 못한 표정을 짓고 있는 머리만 남아 바닥을 데구르르 구를 뿐이었다.

그나마 몸을 피하고자 움직인 탓에 그것이나마 건진 것이다.

만일 가만히 있었다면 머리카락 하나 남기지 못하고 세상에서 사라졌을 테니 말이다.

그 구르던 머리가 돌부리에 걸려 멈췄다.

공교롭게도 얼굴 전면이 철혈혈보 소율모를 마주 볼 수 있게 멈췄다.

제자의 입술이 힘겹게 열렸다.

"아우아……."

"……!"

목소리가 들리는 것은 아니었다.

폐가 없었으니.

입 모양이 그렇게 움직였을 뿐이다.

그러나 무엇을 말하고자 하는지 정확히 파악할 수 있었다.

'사부님…….'

"안 돼!!!"

철혈혈보 소율모의 입에서 피 화살이 터져 나왔다.

눈에서는 피눈물이 흘렀다.

그의 슬픔과 상실감이 얼마나 컸는지 알 수 있는 모습이었다.

철혈혈보 소율모가 눈을 까뒤집고 용민에게 달려들었다.

“죽어라! 지옥에서 내 제자에게 사과해라!”

둘이 충돌했다.

콰과과과광!

2

쿠르르르릉!

이 상황이 단순히 인간의 육신으로 만들어 낼 수 있는 결과란 말인가?

믿어지지가 않는다.

검을 들었다고는 해도 말이 되지 않는다.

검이 무슨 폭탄도 아니고 말이다.

퍼펑! 펑!

콰광!

이게 과연 현실일까?

둘의 짧은 충돌로 우문세가의 전각 세 채가 날아갔고, 서쪽 담이 절반이나 사라졌다.

이 상황도 대략 짐작이 되었을 뿐 정확한 피해 상황은

아직 알 수 없었다.
두꺼운 먼지 구름 때문이었다.
먼지구름은 쉬이 걷어질 생각이 없는 것 같았다.
걷어질 입장이 아니었다.
그 먼지구름 안에서 흘러나오는 거대한 충돌음.
두 괴물의 싸움이 안에서 벌어지고 있는 것이다.
이 소음은 용민과 철혈혈보 소율모의 강기가 부딪히며 생기는 것들이었다.
두 괴물의 강맹한 강기가 충돌하며 폭탄이라도 터진 것 같은 불꽃과 충격파가 주위를 휩쓸었다.
그 결과가 이 사라지지 않는 먼지구름인 것이다.
우중천은 서둘러 우문세가의 식솔들을 모두 데리고 뒤로 이동하고자 했다.
최대한 거리를 벌려야 한다는 것을 파악한 탓이다.
우중천이 외쳤다.
"모두 피신하라!"
"어디로 말입니까!"
"멀리! 최대한 멀리 피해야 한다!"
모두 우중천이 이끄는 대로 서둘러 이동하기 시작했다.
쿠궁! 쿠구궁!
등 뒤에서는 연신 살벌한 굉음이 터져 나오고 있었다.

고래 싸움에 새우 등 터진다는 말이 괜히 나온 게 아니다.

괜히 근처에 있다가 튀어나오는 파편에 골로 갈 수도 있는 상황이었다.

고수의 싸움을 보면 그 안에서 깨달음을 얻는다고 하지만, 싸움도 싸움 나름이다.

이런 싸움에서는 근처에 있다가 얻을 것은 죽음밖에 없다.

"죽기 싫으면 서둘러라! 어서!"

그 말이 씨가 된 것일까?

갑자기 먼지구름 안에서 거대한 강기 덩어리들이 폭사되어 튀어나왔다.

아마 용민과 철혈혈보 소율모가 서로 강기로 싸움을 하면서 튕겨 나온 강기의 파편들 같았다.

지금까지 없다가 공교롭게도 우문세가의 식솔들이 자리를 파하기 기다렸다는 듯이 모습을 드러낸 것이다.

그것들은 사방팔방으로 터져 나왔는데, 조금 전 우문세가 식솔들이 있던 자리에도 날아들었다.

다행스럽게도 이미 그 자리를 모두 벗어난 우중천의 사람들은 아무도 해를 입지 않았다.

그 장면을 목격한 우중천과 우문세가의 식솔들은 자신들의 가슴을 쓸어내렸다.

그러나 혈노들은 달랐다.

"커헉!"

"으악!"

아무런 대처도 하지 못하고 있다가 날아든 강기 덩어리에 열세 명이 숨을 거둔 것이다.

누군가 이 상황을 봤다면 짜고 치는 도박판이라고 생각할 것이다.

피해자는 혈노들이고 말이다.

뒤늦게 혈노들이 강기의 파편을 피해 움직였지만, 쉽지 않았다.

그 강기의 파편들이 눈이라도 달렸는지 자신들을 노리는 것처럼 날아왔기 때문이다.

아차 하는 사이에 혈노의 수는 80 미만으로 줄어들었다.

혈노들은 대경실색하여 최대한 멀리까지 자리를 피했으나, 더 이상 나갈 수 없었다.

그들에게 도주는 불가능했다.

자신들을 이끄는 철혈혈보 소율모가 아직 자리하고 있었기 때문이다.

그가 만들어 낸 결과를 지켜봐야 할 의무가 있었던 것이다.

그것이 죽음이든 승리든 말이다.

하지만 그들은 편안하게 그 결과를 지켜볼 입장이 되지 못했다.

그들을 발견한 우문세가의 식솔들 때문이었다.

혈노들을 발견한 그들이 검을 치켜들고 소리쳤다.

"지금이다! 녀석들이 약해진 지금 동료들의 원수를 갚자!"

"우와아아아!"

우중천을 앞세운 우문세가의 무인들을 보며 혈노들은 침음을 삼키지 않을 수 없었다.

처음과 달리 지금은 우문세가 측에서 흘러나온 누군가의 외침과 같이 자신들의 열세가 확실한 상황이었기 때문이다.

말단들만 남은 자신들과 달리 우문세가 측은 지휘부라 할 수 있는 고수들이 그대로 남아 있었으니 말이다.

무엇보다 머릿수도 두 배 가까이 밀리는 상황이 되었다.

그럼에도 그들에게 선택지는 없었다.

한 가지밖에.

"모두 맞서라!"

혈노들이 모두 검을 고쳐 들었다.

그리고 우문세가의 무사들과 충돌했다.

파칭! 파칭!

차창! 챙!

검의 울음소리와 비명이 사방에서 터져 나오는 데에는 그리 오랜 시간이 걸리지 않았다.

12장

飮影徒隨我身暫伴月將影行樂須及春我歌月徘徊我舞
酒酒星不在天地若不愛酒地應無酒泉天地旣愛酒愛
道一斗合自然但得酒中趣勿醒者傳三月咸陽城千花晝
萬事固難審醉後失天地兀然就孤枕不知有吾身此樂
酒酣心自開辭粟臥首陽屢空飢顔回當代不樂飮虛名

1

쿠구궁!

용민과 철혈혈보 소율모는 그 충격의 중심에서 전혀 흔들림 없이 서로를 상대하고 있었다.

아니, 그렇게 보였다.

하지만 사실 상황은 전혀 비등하지 못했다.

용민이 여유로운 것에 반해 철혈혈보 소율모는 버거웠기 때문이다.

용민이 강기를 가지고 장난질을 치고 있는 것을 알고 있었지만, 그것을 막아 낼 겨를이 없었던 것이다.

그 차이가 서서히 더 크게 벌어졌다.

철혈혈보 소율모의 몸이 크게 흔들리기 시작한 것이다.

이제 확연히 지친 모습을 보여 주었다.

"허억! 허억!"

그것을 본 용민이 이죽거렸다.

"뭐해? 그래 가지고 본좌의 목의 잔털이나마 건드릴 수 있겠어?"

누가 악당인지 모를 것 같을 정도인 용민의 말에 철혈혈보 소율모가 이를 악물고 다시 사력을 다해 검을 휘둘렀다.

그러자 용민이 신이 난 목소리로 말했다.

"그래, 조금 더 팔딱거려 보라구!"

그러나 그것은 짧은 반짝임에 불과했다.

철혈혈보 소율모가 울분이 어린 목소리로 외쳤다.

"나에게 이런 치욕을 주지 말고 어서 죽여라! 어서!"

"큭큭큭큭. 내가 왜? 이렇게 재밌는데? 너 같은 장난감을 구하는 게 어디 쉬운 줄 아는가 보지? 십이존자라고 했던가? 그럼 앞으로 '열한 개' 밖에 안 남았네. 아끼면서 조금 더 가지고 놀아야지."

"크흑!"

철혈혈보 소율모도 이젠 알았다.

용민의 실력이 단순히 화경이 아님을. 감히 올려다볼 수 없는 위의 단계에 자리하는 초인임을.

용민이 처음부터 자신을 가지고 놀고 있었다는 사실을 말이다.

천외천이라고 했던가.

인정하고 싶지 않았지만, 철혈혈보 소율모는 지금 또 다른 세상이 있음을 '새삼' 깨닫는 중이었다.

여기서 '새삼' 이라는 말이 중요했다.

그 말은 이미 그 천외천의 힘이라는 것을 경험했다는 뜻이니까.

철혈혈보 소율모는 생각했다.

이 힘은.

그래.

"상인……."

"응? 뭐라고?"

검을 내지르던 용민의 입에서 의문 어린 목소리가 흘러나왔다.

철혈혈보 소율모가 뭐라고 한 것을 들었기 때문이다.

상당히 귀에 거슬리는 단어를 들은 것 같았기 때문이다.

"지금 뭐라고 했지?"

"……."

그러나 철혈혈보 소율모는 다시 입을 열지 않았다.

짜증이 난 용민의 검이 철혈혈보 소율모의 머리 위로

내리그어졌다.

슈와앗!

철혈혈보 소율모가 다급하게 검을 들어 용민의 검을 막았다.

순간 용민의 검이 철혈혈보 소율모 검과 충돌하여 튕겨져 나갔다.

철혈혈보 소율모는 전의를 상실한 상태였기에 도주를 꾀하고 있었다.

용민과 충돌로 생긴 반동을 이용해 몸을 빼려 했다.

하지만 언제 다가온 것일까?

정신을 차리고 보니 용민의 검이 철혈혈보 소율모 자신의 심장을 노리고 찔러 들어오는 것이 아닌가.

다급하게 팔을 휘둘러 방어를 하려 했다.

다행스럽게도 용민의 그 공격까지는 막을 수 있었다.

그러나 검에 실린 강기가 나약해진 탓에 검이 깨졌다.

파칭!

"크허헉!"

철혈혈보 소율모의 검이 가루가 되어 파괴되었고, 그 충격에 못 이겨 바닥에 한쪽 무릎을 굽힌 채 주저앉고 말았다.

그런 철혈혈보 소율모 앞에 용민이 실망한 표정으로 다가왔다.

"명색이 십이존자 중 하나라는 녀석이 도주라니. 이거 실망인데?"

"허억, 허억. ……십이존자는 자기보다 강한 자를 맞이하게 되면 죽어야 한다는 법이라도 있나?"

그 말에 용민이 잠시 고민하고는 고개를 가로저었다.

"그러고 보니 없네."

용민의 말에 철혈혈보 소율모가 체념한 어투로 말문을 열었다.

"한 번 이미 목숨을 구걸했던 몸이다. 그러니 한 번 더 살길을 택하는 것이 뭐가 문제가 되겠는가."

용민의 눈썹이 꿈틀거렸다.

"이미 뭐를 구걸했다고?"

그러나 철혈혈보 소율모는 대답 대신 다른 이야기를 꺼내 질문했다.

"네가 강한 것은 알겠다. 하지만 너는 너 스스로 네가 최강이라고 생각하는가?"

"무슨 말이 하고 싶은 거지?"

철혈혈보 소율모는 용민의 말이 들리지 않는 건지 혼자 말을 주거니 받거니 이어 나갔다.

"하긴. 네 녀석 정도의 힘이라면 그렇게 생각을 해도 된다. 그런 생각을 할 자격이 있지. 사실 나는 얼마 전까지만 해도 내가 최강이라 생각했다."

"……."

"나만이 천하제일인이며 고금제일인이 될 수 있다고 여겼다. 그런데 그것이 헛된 망상임을 깨닫게 되는 데 그리 오랜 시간이 걸리지 않았다. 내 앞에 그가 나타났기 때문이다."

"그? 그라니 그가 누구지?"

"상인."

"상인(上人)? 지금 신선을 말하는 것인가?"

철혈혈보 소율모는 멍한 시선으로 혼잣말을 계속 떠들었다.

지금 그에게 용민은 보이지 않는 듯했다.

"천상인. 인간 위의 존재. 그는 만인의 위에 '선' 자였다."

철혈혈보 소율모의 말은 정말이지 무서운 이야기가 아닐 수 없었다.

대체 그 천상인이 누구인가!

용민은 어서 정체를 말하라고 소리치고 싶었지만, 호기심을 누르고 조용히 듣기로 마음먹었다.

이대로 그냥 놔두면 알아서 열심히 떠들며 궁금한 이야기를 다 내뱉을 것 같았기 때문이다.

무엇보다 괜히 건드리면 안 될 것 같은 상황이었다.

지금 철혈혈보 소율모의 상태는 최면에 빠진 반가사 상

태와 비슷했다.

무의식중에 본심을 내뱉는 것이었다.

쓸데없이 그의 이지를 찾게 해서는 들을 수 있을 말도 듣지 못하게 될 확률이 있는 것이다.

"그는 스스로를 천자라 칭하는 나약한 황제와 같은 가짜가 아니었다. 그는 그냥 하늘 그 자체였다. 황제의 자리 따위는 그가 원하면 언제든지 앉을 수 있는 의자와 같은 것이다. 하늘 높은 줄 모르고 나의 강함에 취해 있던 내 앞에 그가 나타났다. 그리고 그는 일 수에 나를 눌렀다. 그리고 하늘의 뜻을 전해 주었다."

"하늘의 뜻?"

용민이 자신도 모르게 중얼거렸다.

단순히 상인이라는 자가 한 말을 하늘의 뜻이라고 하는 것 같지가 않았기 때문이다.

"경악할 이야기였다. 세상이 사라진다니. 그 말을 어찌 믿지 않을 수 있을까. 그 증거들. 그후 그는 스스로를 하늘에서 온 자라 칭했으며 나에게 신의 대리자가 되라 명하였다."

'세상이 사라져? 증거?'

용민은 지금 철혈혈보 소율모가 말하는 증거라는 것이 무엇인지 너무나도 궁금해졌다.

힘으로 눌린 것이 전부가 아니다.

분명 그는 무엇을 본 것이다.
그 증거라는 것을 말이다.
그는 철혈혈보 소율모에게 무엇을 보여 준 것일까?
무인이란 부러질지언정 절대 굽히지 않는다.
특히 철혈혈보 소율모 같은 이는 말이다.
헌데, 그런 그가 굽혔다.
목숨을 구걸했다.
철혈혈보 소율모는 대체 무엇을 봤기에 믿고 단번에 그의 종이 될 수 있었던 것일까?
"나는 상인을 모시고 세상을 돌아다녔다. 그리고 평소 내가 그동안 견제하던 수많은 적들이 그분의 손 끝에, 일수에 무너지는 것을 볼 수 있었다. 허탈해졌다. 내가 그동안 쌓아 온 모든 것이 무의미해졌다. 진정한 천자, 아니 하늘, 상인은 인간이 도달할 수 없는 절대적인 강함을 지니고 계셨다. 그것을 확인하면 확인할수록 상인에 대한 나의 믿음은 더욱 굳건해졌다. 사무련주와 십이존자를 시작으로 포달랍궁이 상인에게 절을 했고, 북해빙궁이 절을 했다. 남림이 절을 했고, 그 콧대 높은 무림맹과 정의련이 절을 했다. 예상대로 마교가 가장 오래 버티고 있지만 곧 무너져 내려 결국 그분 앞에 모두 무릎을 꿇게 될 것이다."
용민은 대체 철혈혈보 소율모, 이자가 무슨 말을 하는

지 감도 잡히지 않았다.

지금 이 말대로라 하면 이미 모든 무림이 상인이라 불리는 그자의 손에 넘어갔다는 뜻이었기 때문이다.

'이게 대체 무슨 개소리지?'

하지만 용민은 자신이 이 말을 믿고 싶어 하지 않고 있는다는 사실을 깨달았다.

그 말인즉 사실로 받아들이고 있다는 뜻이었다.

철혈혈보 소율모는 거짓을 말하고 있는 것이 아님을 본능적으로 파악한 것이다.

알고 있는 상식의 범주를 넘어서는 괴리감.

혼란이 오기 시작했다.

사실 무작정 믿기도 뭐하지만 믿지 못할 것도 없다는 생각이 든 이유는 공교롭게도 바로 자기 자신 때문이었다.

죽었다가 환생해서 다시 이 세상으로 차원의 벽을 깨고 온 자신이 있는데, 천상인이라는 존재가 실제로 없다고 단정할 수 없었던 것이다.

자신이 이미 상식을 벗어난 존재인데, 다른 이적이 없다고 어찌 말할 수 있겠는가.

'응?'

그때 용민은 의아한 시선으로 옆을 돌아보게 되었다.

누군가가 자신과 넋을 놓고 있는 철혈혈보 소율모가 있는 이곳을 향해 거침없이 뚜벅뚜벅 걸어서 들어오고 있는 것을 발견했기 때문이다.

적인가 싶었지만, 적의를 찾아볼 수 없었다.

더군다나 청년이었다.

끽해야 약관이나 되었을까?

고급 의복을 입은 젊은 청년이 적의는커녕 오히려 뭔가 큰 충격을 받은 듯 모호한 표정으로 다가오는 중이었다.

그의 시선이 철혈혈보 소율모에게서 떨어지지 않는 것이, 지금 자신과 철혈혈보 소율모의 이야기를 들었던 모양이다.

믿을 수 없다는 경악 어린 표정과 시선이 그것을 말해 주었다.

그런데 우스운 사실은 지금 철혈혈보 소율모의 허무맹랑한 이야기를 믿고 있는 것 같은 분위기를 흘리고 있다는 점이었다.

이런 황당한 이야기를 듣고 믿다니.

그는 이 이야기를 믿을 수밖에 없는 근거를 가지고 있는 듯한 모습을 보여 주고 있었다.

어쨌거나 충격을 받은 이는 이 청년뿐만이 아니었다.

이 잘생긴 청년의 얼굴을 목격한 용민도 큰 충격을 받은 것이다.

쿵!

'아니, 어떻게!'

자신이 잘 아는 자였던 것이다.

어찌 모르겠나.

절대 모를 수가 없었다.

이곳에 넋이 나간 표정으로 얼굴을 내민 이자의 이름은 한정빈.

바로 자신이 가장 예뻐하던 둘째 아들이었다.

〈『지존강림』 제6권에서 계속〉

지존강림

1판 1쇄 찍음 2014년 2월 12일
1판 1쇄 펴냄 2014년 2월 18일

지은이 | 풍 영
펴낸이 | 정 필
펴낸곳 | 도서출판 **뿔미디어**

편집장 | 이재권
기획 · 편집 | 주종숙
편집디자인 | 이진선

출판등록 | 2002년 9월 11일 (제1081-1-132호)
주소 | 경기도 부천시 원미구 상동로 117번길 49(상동) 503호 (우)420-861
전화 | 032)651-6513 / 팩스 032)651-6094
E-mail | bbulmedia@hanmail.net
홈페이지 | http://bbulmedia.com

값 8,000원

ISBN 979-11-7003-260-1 04810
ISBN 978-89-6359-383-8 04810 (세트)
※파본은 구입하신 서점에서 교환하여 드립니다.

http://www.bbulmedia.com

BBULMEDIA